Une chaise

Roch Carrier

Une chaise

roman

Stanké

Données de catalogage avant publication (Canada)

Carrier, Roch, 1937-

Une chaise

ISBN 2-7604-0674-1

I. Titre.

PS8505.A77C42 1999 C843'.54 C99-940490--3
PS9505.A77C42 1999
PQ3919.2.C37C42 1999

Couverture: Les Éditions Stanké (Daniel Bertrand)

Infographie: Composition Monika, Québec

Dépôt légal: Bibliothèque nationale du Québec, 1999

ISBN 2-7604-0000-0

Les Éditions internationales Alain Stanké remercient le Conseil des Arts, le ministère du Patrimoine canadien et la Société de développement des entreprises culturelles pour leur soutien financier.

Les Éditions internationales Alain Stanké
615, boul. René-Lévesque, bureau 1100
Montréal H3B 1P5
Tél.: (514) 396-5151
Télécopie: (514) 396-0440

IMPRIMÉ AU QUÉBEC (CANADA)

1

Une douce grand-mère qui fait pleurer ma mère

Que le ciel du Mexique est émouvant, cette nuit!... C'est une aile de l'éternité qui plane au-dessus de la terre. Voilà: vous savez que je suis un mauvais poète. *Salud*!... N'est-ce pas une merveille que d'être vivant au milieu du temps qui passe, debout, avec un verre de vin à la main, sur une planète qui navigue dans un espace sans frontières!

Je ne sais pourquoi, mais il faut que je vous parle d'une chaise. Oh! je sais un peu pourquoi. Depuis quelques années, je rêve de raconter l'histoire de cette berceuse. Une chaise qui n'était pas confortable. Une chaise bancroche. Toute décocrissée. Rabibochée. Une chaise de pauvre. Les pauvres s'habituent aux incommodités.

Très souvent, m'a-t-on reproché, j'ai braillé dans les bras de ma grand-mère qui s'y berçait. À la fin, épuisé, paraît-il, je m'endormais. De cette chaise, elle m'a vu grandir. Elle m'y racontait le temps passé alors que, petit homme, j'essayais de déchiffrer l'avenir. Je l'ai vu se transformer en une vieille femme, dans cette chaise. De là, elle m'a observé quand j'ai «entrepris mon règne». Je répète ses mots. Peut-on raconter cela? Un souvenir est une étoile qu'on essaie de cueillir au ciel.

C'est une chaise encombrante: que peut-on faire du passé? Une chaise ordinaire, comme on dit une vie ordinaire. Une chaise rafistolée, comme on l'est après une longue vie. Comment l'ai-je héritée? Je ne me souviens plus de quelle manière elle est arrivée à moi... Cette berceuse me raconte d'où je viens. J'ai dû m'en éloigner pour aller explorer la vie. J'ai découvert un monde bourré de trésors et de misères. Vous aimeriez que je vous raconte ce que j'ai appris, mais je dois vous parler de cette chaise.

Il y a quelque temps, je ne sais pourquoi, dans son silence de bois, la chaise, bien vide, a commencé à se bercer dans ma mémoire. Elle réclame une place dans ma maison. De plus, elle s'impose dans mes confidenses, comme cette nuit, sous les étoiles du Mexique.

La berceuse échouée dans ma vie est une preuve qu'une vie humaine, en un autre temps, a coulé sur la terre; surgie d'une source secrète, évanouie dans des paysages plus ou moins familiers, elle n'a laissé de son passage qu'une chaise et un sillage dont les ondes vibrent encore dans l'âme de mon âme.

La vie de mes grands-parents n'a déposé que cet objet sur mes rivages. Il serait convenable, dans ma petite maison pleine de livres, que je donne une place à la berceuse de mon ancêtre. Il y a peu d'espace. Je suis très hospitalier aux souvenirs... Je peux en accueillir beaucoup. Quant à la berceuse... c'est une chaise de campagne... bricolée par des mains maladroites... Je lui concède une modeste beauté. Serait-ce parce qu'elle est sortie des mains de mon grand-père? Pour l'instant, la berceuse est rangée dans un entrepôt, avec mes vieux papiers. En fait, ce ne sont pas des vieux papiers... C'est de la littérature! Quand je pontifie, il me plaît de déclarer que je fais avec la langue française ce que mon grand-père faisait avec le bois!

La berceuse est belle dans sa simplicité. Si elle n'était pas si dangereuse... Posez-vous y le derrière, et vous prenez un risque sérieux!... C'était la chaise d'Odélie, ma grand-mère. Elle n'est jamais tombée à la renverse. Une championne de la bascule: voilà ce qu'elle était, Odélie! Elle se berçait comme roule un coureur automobile. Son fantôme revient-il se bercer dans l'entrepôt?

La chaise est posée à l'envers sur une caisse de poésie. Odélie a traversé son temps dans ce véhicule-là. Cette berceuse était son trône. J'amenais mes amis pour leur montrer ma grand-mère. Elle nous racontait des histoires. À la fin, elle se levait pour aller à son tiroir. Elle en tirait son béret: «C'est pas vos grand-méres qui vous averseraient de sucreries. Elles sont trop grippe-sous.» De son bérêt, elle sortait un sac de bonbons. Mes amis auraient voulu être aussi ses petits-fils.

Elle n'était pas toujours tendre, ma grand-mère! On avait tant de plaisir avec elle. Pas tendre?... Ma grand-mère était parfaite. Pourtant ma mère, Marie-Anna, n'aimait pas toujours les remarques d'Odélie... La maison de mes parents et celle de mes grands-parents étaient presque voisines. Odélie avait l'habitude de venir visiter ma mère quelques minutes avant les repas. Aussitôt arrivée, sans dire un mot, elle se dirigeait vers les casseroles et les chaudrons sur le poêle à bois. Elle soulevait les couvercles, humait l'arôme, saisissait une cuiller, goûtait, très sérieuse, du bout des lèvres, et prononçait un verdict catégorique: ça manquait toujours de sel, de poivre, d'épices, de sucre... Ma mère devenait furieuse, mais elle se taisait. Moi, je savais qu'Odélie avait raison. Ma mère ne savait pas cuisiner des plats aussi bons que ceux de ma grand-mère!

Une fois, pendant que ma mère était attablée, ma grand-mère a posé ses deux mains sur ses hanches et elle a attaqué: «Regarde-moé; j'ai porté neuf enfants, chacun pendant les neuf mois de la loi. Mon ventre est plat comme une planche à repasser. Regarde-toé: ton homme a même pas fini de te planter le troisième, pis t'es ronde comme une tonne de mélasse.» Ma mère s'est précipitée dans sa chambre. Elle a claqué la porte. Je l'entendais sangloter. Ça m'a bouleversé. Je n'avais jamais vu une mère pleurer comme un enfant. Je ne savais pas qu'elle en était capable.

À ce moment, pour la première fois peut-être, j'ai regardé ma mère. Elle avait toujours été là, avec moi, mais je ne l'avais jamais regardée. Elle était présente comme l'église, comme la colline, comme le temps, comme l'œil de Dieu, comme le ciel, comme l'éternité, comme la vie: comme une mère. Jamais je n'avais considéré l'infini, ni le temps. Ainsi, je n'avais jamais regardé ma mère. On ne regarde pas ce qui est toujours devant soi.

Cette fois, à cause de ses larmes, j'ai vu ma mère. Elle était grosse. Odélie l'avait décrété: ma mère était grosse. Pourquoi pleurait-elle à faire trembler les vitres dans les fenêtres? Sa mère avait dit la vérité. Elle n'avait donc aucune raison de pleurer. Voilà mon jugement! Pourtant, j'étais mal à l'aise de me trouver entre une mère qui braillait à faire déborder la rivière Famine, et une grand-mère qui la faisait brailler. Pourquoi ma mère lâchait-elle toutes ces bordées de sanglots derrière la porte verrouillée de sa chambre?

Ma mère était grosse comme une mère. Était-ce une raison pour renâcler, mouiller le plancher avec ses larmes et ennuyer tout le monde avec sa peine? Ma mère était une mère, et toutes les mères étaient grosses. Je n'avais jamais entrevu une mère qui n'était pas grosse. Je n'avais jamais vu une autre mère se lamenter parce qu'elle était grosse. Les femmes qui n'étaient pas grosses n'étaient pas des mères. Mes amis auraient été gênés s'ils avaient eu une mère qui n'aurait pas été grosse. Nos mères étaient courtes, «corporentes», rondes. Ainsi constituées, solides, elles avaient de la force pour affronter nos pères quand il le fallait. Il le fallait souvent. Imposantes, elles pouvaient, avec assurance, distribuer les taloches et les claques aux plus grands de leurs enfants. Quand elles devaient nous appeler au fond des champs, pour les repas, elles avaient, comme la cloche de l'église, assez de voix pour qu'elle résonne jusqu'aux horizons. Grosses: voilà comment étaient nos mères, et nous les aimions grosses!... Comment aurais-je pu comprendre les sanglots de ma mère?...

Odélie, plus tard, en se berçant, s'est-elle souvenue de ce chagrin qu'elle a causé à ma mère? Était-elle harcelée par un certain remords de ses rudes paroles? J'étais alors devenu un jeune homme. À brûle-pourpoint, elle m'expliqua: «Des fois, surtout quand elles sont grosses, les mères se sentent comme si elles étaient toutes plaïées. Elles entreprennent de brailler. Y a pas de mouche-nez assez grand pour ramasser toute l'eau qu'elles perdent. Elles ont une raison. I' faut qu'elles aient ben de la peine pour ouvrir la clôture des larmes. Ou ben don, elles s'ennuient de la jeunesse quand elles avaient une taille d'ajonc, ou ben don elles sont dolentes à cause d'une peine qui remonte à notre père Adam et à notre mère Ève. T'as pas désappris ça, j'espère, dans ton université? Adam et Ève ont inventé le premier péché du monde... Une femme s'ennuiera toujours du temps d'avant ce péché-là.» Que voulait-elle dire? Je n'ai pas compris, ce jour-là. Je ne comprends pas mieux aujourd'hui.

Ma grand-mère était-elle détestable? Bien qu'elle ait fait pleurer ma mère, elle restait pour moi la plus aimable des grand-mères.

Et mon grand-père Anatole? Il faut voir comment la berceuse est faite: grossièrement. Anatole avait des mains larges, épaisses, calleuses. Il ne parlait guère, il était bourru. Ses enfants le craignaient, je crois... Avec moi, il était d'une patience... oui, une patience rude... Le travail était-il pressant à son atelier? Il prenait le temps de m'expliquer à quoi servait l'outil, comment le tenir; il me permettait de travailler. Sa voix était celle d'un gros ours qui se cherche un arbre où grimper.

Pourtant, il s'amusait de jouer avec moi. Il voulait faire de moi un homme fort comme «Pépére». Jouer, pour lui, c'était lutter. Que de fois j'ai étouffé dans une de ses prises impitoyables! Il était solide, mon ancêtre! La coquille était dure, mais l'amande était tendre. Après sa journée de travail, il savonnait ses mains noircies par le charbon de sa forge, et les présentait à Odélie qui les attendait avec une serviette blanche. Je me rappelle encore comment il regardait sa femme à cet instant-là. Une lumière intense allumait les yeux de mon grand-père. Je me sentais mal à l'aise. Dans le silence robuste d'Anatole, Odélie était sa musique.

2

Où est le corps de cette voix qui chante?

Les chansons de ma grand-mère étaient presque toujours des ballades de la vieille France, avec des amoureux, des bateaux, des soldats, du vin et beaucoup de larmes. Parfois, la chanson était gaie; elle tapait du pied, comme elle disait, pour marquer le rythme. Ses talons qui frappaient le plancher de bois créaient l'accompagnement. On jouait beaucoup de musique chez les parents d'Odélie; on y chantait gaiement. Les évêques catholiques, à cette époque, avaient prohibé la danse. C'était une faute mortelle. «Si vous dansez, l'Enfer va s'ouvrir sous vos pieds!» menaçaient les curés du haut de leur chaire.

Depuis le début des temps, les humains dansent, comme ils ont depuis toujours le nez au milieu du visage. Libres, opprimés, les peuples ont toujours dansé. Pour les dictateurs des âmes, dans la jeunesse de mes grands-parents, la joie était un péché grave. J'espère qu'ils brûlent en Enfer pour avoir fait de la danse un plaisir interdit. Est-ce que je crois à l'Enfer, aujourd'hui? Oui... Il existe, ici et là, sur notre planète.

Chez les parents d'Odélie, je soupçonne que l'on dansait le rigodon malgré l'interdiction. On dansait entre soi. Le péché était moins mortel si la faute était commise en famille. On invitait aussi des voisins que l'on savait capables de se damner discrètement avant d'aller rapidement se confesser. Quand Odélie chantait pour nous, ses petits-enfants, elle devait se souvenir de ces joyeuses soirées.

Sa fille, Marie-Anna, ma mère, ne chantait pas. Entre ma grand-mère et ma mère, la tradition a été sectionnée. Odélie n'a pas transmis sa musique ni ses chansons. Pourtant, elle était généreuse... Que s'est-il passé? Anatole était un homme qui travaillait. Il ne dansait pas, il ne chantait pas, il ne parlait pas; il travaillait. Ses silences raboteux pesaient comme un couvercle sur la famille. C'est ce que je sentais, mais je n'étais qu'un enfant... Il se peut bien que la musique et les chansons d'Odélie se soient brisées à ce silence. Mais il y a autre chose.

Odélie a quitté l'école à douze ans. À cet âge, elle avait été tout «enleçonnée», disait-elle, en se moquant de son ignorance. Anatole, je ne l'ai jamais vu écrire un mot. Ses gros doigts maladroits, crispés sur son crayon épais, avaient de la peine à former des chiffres quand il calculait son prix, à l'atelier. Je pouvais lire beaucoup plus vite que lui la première page du journal. Dès le début, leur ambition était de léguer à leurs enfants un héritage qu'ils n'avaient pas reçu: de l'éducation. C'était leur fierté. Ils ont enduré avec soumission une vie éprouvante. Que leurs enfants gagnent accès à une vie meilleure que la leur, ce fut leur révolte.

Ils les ont envoyés dans des pensionnats, à la ville, loin du village. Ces institutions méprisaient la tradition orale des campagnes ignorantes. Qu'étaient les pauvres rengaines d'Odélie comparées à la poésie d'Homère, de Virgile, de Ronsard ou de Victor Hugo? Les professeurs de grec, de latin, d'algèbre, jugeaient de haut les ballades des paysans du comté de Dorchester. Les chansons d'Odélie ont peut-être été tuées par l'impérialisme éducatif.

L'invention du disque aurait-il étouffé la musique d'Odélie? Ma mère a souvent raconté son étonnement d'entendre, pour la première fois, un gramophone. Une voix humaine chantait, sans un corps pour la contenir et une bouche pour la projeter! C'était de la magie sidérante. La fillette a marché autour de l'appareil pour débusquer la personne qui, selon elle, s'était cachée. Chaque fois, Marie-Anna terminait son récit en disant: «I'me semblait que la voix était encore plus belle parce qu'on voyait pas le bonhomme qui chantait!»

Je m'attriste, parfois, de n'avoir pu transmettre à mes enfants la musique d'Odélie ni ses chansons. Peu importe ce que j'ai appris, je me sens ignorant parce que je ne connais pas les chansons de ma grand-mère. Parfois, dans des pays lointains, tard, après un peu d'alcool, à cette heure où les hommes desserrent leur cravate et retirent leur veste, à cette heure où les hommes deviennent tous des cousins, chacun offre une chanson, une danse. C'est un moment où je me sens souvent bien pauvre. S'ils m'avaient entendu chanter, peut-être ces hommes ne seraient-ils pas restés mes amis... Après avoir évalué mon talent pour le chant, Odélie a probablement décidé de protéger ses chansons d'un bien grand malheur.

Plus le violon prend de l'âge, dit-on, plus douce est la musique; même adolescent bourré de rock'n roll, j'aimais encore l'entendre chanter:

Au soleil couchant
Toi qui vas cherchant
Fortune,
Prends garde de choir:

La terre, le soir,
Est brune.
Vois à l'horizon,
Aucune maison,
Aucune.

3

Après un long détour, on demande: où trouve-t-on un homme?

Comment Odélie et Anatole se sont-ils rencontrés? Ces gens simples n'aimaient pas parler d'eux-mêmes ni de ces choses frivoles que sont les sentiments. Dans leur pudeur, ils n'ont jamais prononcé le mot «amour». Ce que je sais d'eux me vient de fragments d'anecdotes qui flottaient dans les conversations de la famille. Le père d'Anatole, mon arrière-grand-père, était l'entrepreneur au village: il bricolait des affaires. D'abord, il tenait un hôtel. C'était avant la dictature des automobiles. Les voyageurs s'amenaient dans des voitures à cheval. Ou à chevaux.

Le père d'Anatole s'occupait d'abriter, de nourrir, de désaltérer les voyageurs et leurs bêtes. Ferrer les sabots, soigner une blessure, réparer les harnais, refaire le bandage d'une roue: il offrait tous ces services. Connaissant les voitures et les chevaux, il se fit transporteur: ses hommes approvisionnaient les magasins et les fermiers de la région. Le chemin était ardu parmi les collines du comté de Dorchester: à peine un sentier, dans les collines des Appalaches, tracé par les roues des voitures et les sabots des chevaux. Les roues achoppaient sur les racines, se fracassaient sur les pierres, s'enlisaient dans la boue. Aller d'un village à l'autre requérait six ou sept heures. Les chevaux s'épuisaient. L'on devait traverser la souffrance des pluies, des vents, du soleil ardent de l'été et des poudreries glaciales. L'hiver, pour reconnaître le chemin, on le jalonnait de jeunes épinettes dont on ne conservait que les branches de tête. Souvent la neige recouvrait les balises. Ou bien elle les déguisait en épinettes toutes blanches, semblables aux autres. Les voyageurs se perdaient. Il fallait les chercher, se porter à leur secours... Odélie vivait à cent kilomètres du village d'Anatole.

Comment se sont-ils trouvés? La rencontre d'un homme et d'une femme n'est jamais une histoire simple... Le père d'Anatole était hanté par la crainte d'être malhonnête. Plus que tout, il redoutait de réclamer un prix trop élevé. Par exemple, à son hôtel, un comptoir offrait des tissus aux voyageurs: «C'est jamais une mauvaise idée d'apporter un petit cadeau à votre femme!» Sa peur de ne pas fournir la mesure juste était si grande qu'il ajoutait par principe un pouce en faveur du client. C'était un homme d'affaires qui se faisait mal payer par crainte d'être bien payé... Si j'ai reçu ce gène dominant de mon ancêtre, ce n'est pas de très bon augure pour mes ambitions financières. Ni mon arrière-grand-père ni Anatole n'ont accumulé une fortune, mais il n'ont rendu personne malheureux...

Pendant que je vous parlais de tissus, un autre souvenir est venu s'accrocher à ce mot-là. Un souvenir d'enfance de Marie-Anna que je n'ai pas oublié. Un souvenir pénible. Ma mère n'était qu'une toute petite fille. Anatole était parti pour l'hiver dans un chantier forestier. Les veillées étaient interminables. Odélie s'occupait. Le soir, à la lumière jaune de la lampe à huile, elle cousait. La petite Marie-Anna l'observait. Dans sa berceuse, les lunettes sur le bout de son nez, Odélie surjetait les lisières, appliquée à réussir des points égaux, comme une écolière qui écrit ses devoirs. Le tissu était si beau! Marie-Anna le touchait; il était si doux! Elle porterait sa robe neuve pour le retour de son père quand l'hiver serait enfin terminé. Chaque soir, après avoir mis au lit les plus jeunes enfants, Odélie déroulait les pièces découpées, enfilait son aiguille, cousait, décousait et recousait. Elle ajustait, raccordait, défaisait et refaisait. Parfois, elle étalait la robe encore inachevée sur la petite Marie-Anna, qui se voyait comme la princesse dans son livre de lecture. En avril, la robe fut achevée. C'était la plus belle robe que Marie-Anna avait jamais vue. Elle l'a enfilée. Odélie contemplait sa fille et sa robe avec un sourire d'extase. À quatre-vingts ans, Marie-Anna me décrivait encore le sourire de sa mère qui avait réussi sa première robe. Odélie avait cousu comme sa mère, comme sa grand-mère, comme toutes les femmes avant elles. Désormais elle ferait les robes ou les pantalons de ses enfants jusqu'à ce qu'ils soient grands. On n'aurait plus besoin d'acheter. Les vêtements coûtaient si cher! Elle ferait aussi les manteaux d'hiver, même si la doublure de feutre épais devait être difficile à ajuster.

Marie-Anna était si belle dans sa robe! Anatole serait content. À son retour, il s'apercevrait qu'Odélie n'avait pas perdu son temps. Marie-Anna était si heureuse! Anatole ne reviendrait pas avant la fonte des neiges, vers la fin d'avril. Il faudrait attendre. Par la fenêtre, on voyait l'hiver comme une belle fourrure blanche. La neige n'avait pas encore commencé à pourrir au soleil. L'hiver était encore de glace. À quatre-vingt ans, Marie-Anna se souvenait de sa mère qui, si fière, se berçait en admirant sa fille si bellement habillée.

La petite Marie-Anna a voulu se regarder dans le grand miroir ovale de la commode. La lampe à la main, Odélie l'a accompagnée dans sa chambre. Marie-Anna s'est vue: la robe était beaucoup trop grande. Elle touchait presque ses pieds, comme la robe de sa mère qu'elle l'empruntait pour se déguiser en dame. La robe était longue comme la soutane du curé, elle était trop large aux épaules, trop ouverte au cou, les manches couvraient ses doigts. Ses frères et sa sœur auraient pu prendre place avec elle dans cette robe.

Ma mère ne s'est jamais guérie de cette immense déception. Vieille, après tant de naissances et tant de deuils, Marie-Anna racontait cette anecdote avec la voix que l'on réserve aux grands malheurs. La robe était-elle aussi démesurée que l'enfant l'a cru? Odélie, qui était une femme prévoyante, avait probablement tenu compte de l'avenir. Sa fille grandirait. Dans deux, trois ans, elle pourrait encore la porter avant de la passer à sa sœur cadette, qui la porterait encore longtemps avant de la céder à sa plus jeune sœur. Il fallait de la prévoyance en ces temps misérables.

Vous voyez, je ne suis guère impartial quand je parle de ma grand-mère! Cependant, j'essaie, en racontant, d'emprunter l'objectivité de l'historien... qui n'est jamais objectif.

Pauvre Marie-Anna: les menues tristesses de l'enfance s'agrippent de manière si tenace à la mémoire. Elles deviennent des tragédies tandis que des expériences beaucoup plus graves s'estompent parmi les jours ordinaires dont on ne se souvient pas.

Comment se sont rencontrés Odélie et Anatole? Bien... Sans remonter le cours de l'histoire du Canada, il faut trouver les racines du jour où ils se sont aperçus. Autrement, on ne comprend pas bien. Les racines des faits ont souvent plus d'importance que les faits... Quelle est cette comédie de Molière où un personnage se fait répliquer de ne pas commencer son histoire au Déluge? L'histoire de la berceuse d'Odélie est une autre histoire. C'est celle de mon grand-père, un homme qui, malgré tous les obstacles, réussit à construire une chaise pour la femme aimée... Comment Odélie et Anatole se sont-ils rencontrés? Je vais vous le relater en essayant de ne pas imiter Odélie qui cousait trop grand!

4

Allusion est faite aux deux molécules responsables de la création du monde

Anatole, il faut que je vous le dise, était encore plus honnête que son père, mon arrière-grand-père. Je n'insiste plus. Dans ma généalogie, nous sommes honnêtes de père en fils: qu'on le sache! Anatole, lui, voulait, par-dessus tout, éviter le péché du prix trop élevé.

Plusieurs années après son mariage avec Odélie, il a tracé au pinceau, en lettres noires, sur le mur chaulé de sa maison: CHARRETIER. Pendant longtemps, il répara les roues des voitures à chevaux. Au plafond de son atelier, entre les poutres, sur des planchettes transversales, il emmagasinait des rais de bois. Avez-vous suivi, à l'université, des cours sur les rais? C'étaient ces bâtons de bois arrondis, bien polis, qui rattachaient le moyeu de la roue et sa jante. Vous comprenez? La jante et le moyeu étaient percés de mortaises où l'on introduisait, à chaque bout du rai, le tenon.

Anatole utilisait ces mots-là dans son atelier. Il savait mater les chevaux, maîtriser le feu, courber le fer et le bois. Moi, enfant, j'observais. J'apprenais. Je m'émerveillais. Je l'admirais. J'étais privilégié d'avoir un grand-père forgeron qui m'enseignait la sagesse indispensable pour la vie! Que serais-je devenu s'il avait été astronaute?

Ne partons pas en orbite! Avec cette histoire, je suis comme le boghei qui essaie d'aller plus vite que le cheval... Donc, comme je disais, Anatole avait des centaines de rais entassés au plafond, à l'abri de la saleté et de l'humidité, classés par ordre de taille. Au client qui demandait le coût de la réparation, Anatole expliquait: «J'ai remplacé neuf rais. Ces rais-là m'ont coûté cinq cennes chacun. Neuf fois cinq, ça doit faire quarante-cinq cennes... C'est ben ça?» Le client sursautait: «Quarante-cinq cennes... La vie est chère sans bon sens, de nos jours! Comment est-ce qu'un bon catholique peut survivre, avec une famille?» Anatole compatissait. Il s'excusait: «J'ai oublié de vous dire que ce lot de rais a été acheté y a trois ans. C'est du vieux bois. C'est des vieux rais que je vous ai installés. Je peux pas vous vendre des vieux rais au prix des nouveaux. Ils ont trois ans, quasiment quatre... Les années passent si vite... Ces rais-là ont l'air tout neufs, mais i' ont peut-être ben été depuis cinq ans au plafond de mon atelier. Ah! i' sont bons, je vous les garantis, mais je peux pas vous marquer ces vieux rais-là au prix des rais neufs que j'ai payés.» Enfin il osait annoncer son prix: «Je vais pas vous demander cinq cennes pour un rai... Ça sera quatre cennes chacun.» Mon sens des affaires, je conclus ne pas l'avoir hérité d'Anatole.

L'histoire d'Odélie et d'Anatole a dû être romantique: la campagne, les champs couverts de marguerites et de papillons. C'était en 1909. Anatole avait vingt-six ans; il ne savait pas encore que, dans les terres basses, vers le grand fleuve, à quatre, cinq jours de voiture, il y avait une belle jeune fille à marier. Odélie avait dix-huit ans. Elle ne savait pas non plus que sur les hauteurs des Appalaches, dans les forêts près de la frontière des États-Unis, il y avait un jeune homme fait en bois d'érable franc. Anatole était bougon, raide, sévère, sauvage, fermé, ombrageux, rugueux, tendu, inquiet. Plus tard, je crois que ses enfants le craignaient. Pourtant son cœur était tendre.

Si vous aviez été, comme moi, dans son atelier, à quatre ou cinq ans, il aurait pris le temps de vous faire humer l'arôme des copeaux. Cet homme costaud, couvert de sciure, se serait penché sur vous, comme une institutrice, pour vous faire répéter les beaux noms que porte le bois... Comme moi, vous auriez vu son visage noirci de charbon sourire quand vos petites mains auraient activé le soufflet de sa forge.

Il était un tendre, Anatole, mais pour survivre dans les collines du comté de Dorchester, il fallait se faire plus dur que les roches dans la terre, plus dur que le bois dans la forêt, plus dur que la glace de l'hiver, plus dur que la misère. Dans le pays où il vivait, les champs contiennent plus de pierres que de terre. C'est un pays d'épinettes chétives et de fraises minuscules. C'est un pays d'hivers longs et malaisés. À la Saint-Jean-Baptiste, le givre parfois blanchit les jardins. Les gens y sont forts. Ceux qui ne le sont pas s'exilent. Quand on vit ailleurs, on s'aperçoit que si on est moins durs que ceux qui sont restés là-bas, on est plus durs que ceux chez qui on a émigré. Ce pays de Dorchester m'a donné la force, l'endurance, la persévérance. On ne plie pas. On ne casse pas. De plus, on est solidement modeste!

Anatole était, semblable à son pays: un tuf inébranlable, refermé sur des secrets profonds. Il était à l'image de cette région brassée par les tremblements de terre, chiffonnée par les glaciers.

(... Le vin de cette bouteille s'est évaporé... Je voudrais aussi un grand verre d'eau... Et vous?... Merci...) Anatole et Odélie... Comment commencer?.. Voyez-vous, quand une femme et un homme se rencontrent, c'est le résultat d'un phénomène chimique aussi complexe que les jeux de molécules qui ont été à l'origine de l'univers. N'est-ce pas romantique?

5

Où sont révélées les causes mystérieuses de la curiosité

Que le ciel est clair! Et le vin a l'âme nostalgique... Cette humble et simple pensée m'est venue: l'amour existe lorsque, devant une personne, l'on se sent comme devant un ciel étoilé! Odélie n'a jamais vu le ciel du Mexique. Ma mère, non plus... Elle aurait aimé voyager, Marie-Anna. Elle était curieuse. Elle suivait tous nos déplacements: les miens, ceux de mes enfants. Elle aurait aimé l'aventure, ma mère. Mais elle a été condamnée à rester entre les collines, dans les limites de son village. Elle relisait cent fois nos cartes postales.

Au retour d'un long séjour en Europe, je me suis empressé d'aller présenter à Odélie ma fille aînée et sa mère. Vieille, Odélie se berçait avec la vigueur de sa jeunesse. Sa tête était projetée en arrière, ses pieds montaient haut en avant. Son mouvement était étourdissant. Ma fille devait avoir sept mois. Tout en admiration, Odélie s'étonnait: «Cette petite-là a mignonnement vu le monde!» Pour moi, elle avait un conseil: le temps était venu de m'établir: «Mon garçon, t'as assez fanfreluché. T'as pas mal trinqueballé ton pocheton. Défais-le. Te v'là avec une famille su' les bras. Y a pas longtemps, tu braillais pour que je change ta couche. Te v'là déjà responsable de deux femmes. Pis moé, me vlà toute regrouie comme une mémére! C'est le temps pour toé d'arrêter de valser comme de la poussière. Prends racine. Ménage pour l'hypothèque de ta maison. Quand on a un toit sus la tête, le ciel peut encore nous essabouïr, mais on n'a pus peur de coucher à la belle étoile.»

Elle s'arrêta un instant pour réfléchir. La matière semblait très importante. Puis elle continua: «Mon garçon, la curiosité du monde, tu l'as héritée de ta mére, Marie-Anna. Petite, elle voulait tout savoir, tout comprendre. Devenue grande, elle passait ses beaux dimanches, le nez dans des revues. Elle aurait aimé aller vous voir à Paris, ta mére. Au fond de son âme, c'est une voyageuse, Marie-Anna, mais comme moé, elle est restée le derrière cloué dans sa barceuse. Dans la vie, ben souvent, on trouve la porte barrée. Marie-Anna aurait aimé un mari moins dormeux, le dimanche; elle aurait aimé monter dans l'automobile, aller s'épouvanter sur les grands chemins, découvrir du pays. Elle avait des frémilles dans ses souliers, Marie-Anna... Son homme vivait dans les chemins six jours de la semaine sur sept. Il avait droit à son repos du septième jour.»

«Je vas te dire où est-ce que Marie-Anna a attrappé sa curiosité. Quand elle était esquichée là où les femmes portent les enfants, elle était pesante comme roche. Jeune, j'avais la taille fine comme un brin de foin. Sa pesanteur m'étouffait. Les jambes comme de la guenille, je me raccotillais dans ma barceuse, je me raboudinais en moi-même. C'était bon. J'étais toute seule dans la maison avec une chandelle allumée. Le feu de la chandelle coûtait moins cher que celui de la lampe à huile. Je faisais les chandelles avec du gras d'animal. Je faisais itou le savon. Pendant des heures et des heures, je me barçais. Betôt, la joyeuse aurore allait commencer à se pomponner. En avant, en arrière, je glissais dans la songeaille. Mon bébé. Je songeais à ma revenue, au bout de mon engrossement. Anatole était loin dans des bois étrangers. J'étais comme une veuve. C'était comme si j'avais perdu mon mari. Le temps avait arrêté de couler. Le temps était gelé comme la rivière Famine. Pourtant, mon homme était pas parti émoustiffer les femelles comme un voyageur de commerce. I' bûchait. I' se désâmait à coucher des arbres. Les hommes bauchaient: c'était qui allongerait le plus d'arbres. Ma jalousie aurait dû se tenir ben tranquille. Mais Anatole était un homme... Un jeune homme, ben mentulé. I' était parti à l'orée de l'automne. L'hiver était long. En revenant du chantier, se laisserait-il tenter, comme les autres, d'arrêter à Québec se faire ramollir par une Marie-Madeleine? Comme tant d'autres hommes qui r'viennent en faisant semblant d'avoir des faces de Carême, i' serait-i allé zigonner des guidounes? Mon doux Jésus, que je me suis tribolée! Mon mouche-nez était pas assez grand pour essuyer toutes les larmes que mes yeux pissaient...

«Anatole surviendrait pas avant le printemps. J'étais esseulée. Le vent soufflait. C'était triste comme des *Dies irae*. Sous les tempêtes, notre petite maison de bois craquait comme du papier de Noël. Le poêle ronronnait. Je me parlais toute seule. Je me racontais mon mariage. En juillette, ça avait été une noce ben joyeuse dans la famille. Chacun faisait sa musique, donnait sa chanson. Quand le curé s'est en allé, on a poussé les tables et on a dansé.

«C'était y avait déjà longtemps. La noce était finie: Anatole était au loin. J'étais toute seule au bord des États-Unis. Y avait pas moyen d'enverser la distance. Mes yeux pouvaient pas environner où il s'estrivait. Quand on est seule, on se fait des imaginations... C'est dans ma huche que Marie-Anna a appris la songerie. À force de songer, on devient curieux; à force d'être curieux, on veut voir... C'est pour ça qu'elle aurait aimé avoir la bougeotte comme toé, son fils, et comme sa petite-fille. Mon garçon, cherche pas la source ailleurs. Ta curiosité pour le monde, tu l'as héritée de ta mére. Et la curiosité de ta mére vient directement du renflement que j'avais icitte, quand je l'attendais en me berçant. Ta belle curiosité est venue d'icitte!»

Avec conviction, Odélie se tapait sur le ventre à deux mains. Ma fille était assise sur mes genoux, ses petits yeux perçants interrogeaient déjà l'univers. Moi, son père, je n'ai pu retenir cette larme qui glissait sur ma joue.

Elle se berçait comme tant de fois, dans mon enfance, je l'avais vue se bercer. Elle racontait la vie avec cette même musique que tant de fois j'avais écoutée. Maintenant, j'étais un homme, et elle était devenue une vieille femme. Et la berceuse ne savait-elle rien de cela?

6

Comment les choses se sont vraiment passées

Tout à coup, Odélie a écarquillé les yeux. Elle s'était égarée dans la forêt de sa mémoire: «Mais non! Ta curiosité vient pas de là, pantoute!» s'est-elle exclamée. «Qu'est-ce que je vous raconte? Prenez pas ce que je vous ai dit pour de l'argent comptant. Y a pas un mot de vrai dans mon rapport. C'étaient menteries après menteries! Vieillir, c'est gravir la côte du Calvaire! Ta Mémére a la face ratatinée comme un vieille pomme et la cervelle pas plus intelligente que de la forçure.» Elle voulait dire: fressure... C'était sa manière de nous dire qu'elle n'avait plus de cervelle. Odélie s'excusa: «Je mêle les années, les enfants, les souvenirs.» Et, désespérée, elle lança: «Trou du cul d'un ver à pattes!» Excusez-moi. Je vous assure: Odélie a vraiment juré ainsi: «Trou du cul d'un ver à pattes!»

«Heureusement que j'ai pas été une Marie-Madeleine; je me rappellerais tout de travers de mes hommes! Ah! ah! ah! J'ai pris un seul homme dans ma vie: mon Anatole. Pis j'avais assez de misère à le fournir... Ah! ah! ah!

«Contrairement à mes dires, quand j'étais boursouflée de Marie-Anna, Anatole était pas parti naveïer au loin...» Odélie a posé sa main sur la joue de ma fille: «Mon enfant, quelle vieille folle ta Mémére est devenue! Me v'là qui t'agonie de menteries. Mes souvenirs sont tout tortillés. Ah! ah! ah! Mon garçon, ta fille m'écoute. Elle m'existime et elle pense. À sept mois, un enfant pense, et i' pense et ben avant ça! Je sais ce qu'elle se dit, ta fille: «Mon arriére-grand-mére est une vieille folle; elle dévide son règne tout de travers! C'est une vieille ostinée. Je creye pas une virdule de ce qu'elle dégoise.» Regarde-là, la petite: elle sait que son arriére-grand-mére est tout infrasquée! Elle comprend pas ce que je découds, ta fille. Elle comprend pas mes contements parce qu'elle saisit seulement la parleure français de Paris... Avec moé, ma belle petite, tu vas apprendre la vraie bonne langue française: la parleure de ta Mémére!... Bon yenne!

«Quand je transbahutais Marie-Anna, le premier hiver de mon mariage, Anatole flatissait des épinettes dans la paroisse voisine, au bas de la côte, par là. Dans ce temps-là, c'était pas encore une paroisse. La terre était même pas encore du fraitis. À cette place-là, il y avait que des arbres et des chevreuils. Anatole était pas au loin. Moé, j'étais tout près. I' avait entrepris une coupe d'arbres. Je l'avais suivi. Je cuisinais pour les hommes engagés. J'étais celle qui leu' gobichonnais des assiettes à ras bord et qui sentaient bon. J'avais dix-huit ans. J'étais devenue une femme. J'avais mué, mais j'étais encore une fillette malgré la Marie-Anna qui gigotait dans mon bahut. La vingtaine de bûcherons avaient des panses de jouaux. Pas question de jeunaison pendant le Carême! I' fallait leu' bourrager le gavion. I' gobetaient une tortiére de lièvre dans une bouchée. C'était tout un bœu' qui leu' eut fallu... I' pétaient plusse qu'i' parlaient. C'étaient pas des malfaisants; c'étaient des ventres creux. I' auraient vaticiné si je leu' avais servi du pain chaumeny.»

À cet instant, saisie d'un silence subit, Odélie nous a interrogés d'un coup d'œil inquiet. Puis elle a raisonné: «Si Anatole était avec moé, et si j'étais avec lui au chantier, je comprends pus comment Marie-Anna a attrappé la curiosité...

Qu'est-ce que je vous racontais? C'est triste d'être vieille et d'avoir les idées qui s'enchevalent à hue! et à dia!

«C'est cet automne-là, l'automne de Marie-Anna et du camp de bûcherons, qu'Anatole m'a donné une belle barçeuse neuve, faite de ses mains... Marie-Anna a aucune raison de se plaindre. Elle a été bercée plus que tous mes autres enfants. C'était cette chaise-ci. Je suis envieillie, maintenant, et j'ai encore le cul dessus...»

J'entends encore la voix d'Odélie qui traversait les vieux rideaux du temps: «Cet hiver-là, après les courvées de la journée, même si j'était tout amorée, je me suis trouvée ben souvent décassée dans ma barceuse, avec un motton dans le gargotton. J'avais abandonné ma famille dans les terres basses, vers le fleuve. Mon pére devait faire de la musique à péter les cordes de son violon. Quand i' frottait l'archet, les pieds nous démangeaient d'enchanterie. Les voisins apportaient leurs chansons. La musique tournait toujours en danse... On commettait le péché de la danse le samedi soir et, le dimanche matin, on se confessait. On se confessait, ouais, mais je peux pas dire qu'on avait des grosses larmes de repentement. Au chantier, y avait pas de danse. Je m'ennuyais de ma sainte mére qui besognait toujours avec l'air de pas travailler. Je revoyais la maison paternelle, le toit encapuchonné de neige, les glaçons pointus aux larmiers. Creusé dans la neige, le sentier menait à l'étable; le fanal de mon pére se balançait dans la nuit comme un feu follet. Je reniflais l'odeur de l'étable. Je m'ennuyais de mon veau qui se pourléchait les babines après avoir bu son lait. Les poules étaient criardes comme des enfants dans la cour de l'école. Les œufs étaient encore chauds; c'était l'heure de les cueillir sous leur ventre plumagé. La truie, qui porcelait plus souvent qu'à son tour, attendait encore du nouveau. Je revoyais notre cheval ben bouchonné avec son harnais ben huilé qui nous amenait à l'église, le dimanche. Je sentais l'arôme de la viande qui cuisait en revenant de la messe. Et je m'ennuyais de mon grand frére José...

«Je l'avais jamais vu de ma sainte vie parce qu'i' s'était exilé longtemps avant ma naissance. Tout ce que je savais, c'est qu'i' était à Cuba et qu'i' s'habillait de coton blanc. Cuba, c'est une île. Là, i' tombe jamais une étoile de neige, mais y a des serpents et des bananes. Personne savait pourquoi i' s'était sauvé si loin de la patrie, José. I' avait reçu une bonne éducation, pis i' avait sacré le camp comme quelqu'un qui a fait un mauvais coup. Est-ce que la famille cachait quelque hontage? On savait pas ce qu'i' faisait à Cuba, ni le jour ni la nuit. Je connaissais pas mon frére, mais je rêvaissais à lui. Comme moé, i' devait souffrir d'ennuyance de la maison paternelle. Ce pauvre José, je me suis toujours demandé à quoi il s'esclavait dans une île au milieu des mers...

«Autour de moé, cet hiver-là, y avait des sapins, des épinettes, des sapins, des épinettes, des bouleaux, des érables, des sapins, des épinettes! Y avait itou les bûcherons qui gobetaient tout ce que je gobichonnais comme s'i' avaient pas eu de fondements. Y avait mon Anatole. Y avait itou Marie-Anna qui avait pas encore de nom. On aurait dit que la p'tite bonyenne comprenait mes endêvements. Des soirs, elle ruait comme mon petit veau. Elle avait l'air de me dire: «Lève-toi de ta barçeuse, emmène-moé; je veux voir le dehors; je veux voir le ciel.» Moé, j'étais toute décarcassée... Elle était curieuse la Marie-Anna...»

Salud! Pourquoi est-ce que je vous raconte ce que me racontait Odélie? Me voilà comme elle, perdu dans le temps. Moi, je ne peux pas encore blâmer mon âge... Je parlais de la curiosité. Comment m'est-elle venue?

Je devais avoir six, sept ans. Odélie m'a lu la lettre qu'un cousin lui avait écrite après un voyage en bateau. Voyez-la, dans sa berçeuse: à chaque quart de seconde, le mouvement du flux et du ressac. Elle tient la lettre haut et loin de ses yeux. Ses lunettes sont relevées sur son front. Sur le papier jauni, l'écriture ronde et ferme de ce cousin inconnu qui vit aux

États-Unis. Il a traversé la mer. Odélie lisait: «Les vagues s'élevaient plus hautes que notre paquebot; les vagues étaient parfois aussi hautes que mon gratte-ciel à New York. Je travaille au soubassement, mais mon gratte-ciel est plus haut que le plus haut des clochers d'église de la province de Québec, chère Odélie. Au bord des vagues, des poissons sortaient la tête de l'eau pour respirer comme des vers dans un chou de Siam. Les vagues zigonnaient, elles se gonflaient et devenaient de plus en plus hautes. Nous, les voyageurs, on était piégés dans nos cabines. J'avais l'avantage d'un hublot. On regardait rouler des vagues plus hautes que les montagnes Rocheuses que j'ai traversées dans l'Ouest. On voyait parader des poissons plus gros que notre bateau. Ils nous surveillaient avec leurs grands yeux qui, je ne mens pas, avaient la taille de gros chevaux de labours. Oui, chère Odélie, j'étais effayé. Même si je suis un homme, je ne peux pas nier ma peur...

«Icitte, se plaignit Odélie, y a des mots que je sais pas lire: ça doit être du langage américain.» Elle me montra les mots incompréhensibles. J'imagine que le cousin avait écrit quelque chose comme: «*It was a time for a prayer.*» Odélie poursuivit sa lecture: «J'ai cru que mon destin était de ne plus jamais revoir la terre ferme, cette terre qui nous nourrit parce que des personnes comme vous, chère Odélie et votre honnête Anatole, l'aiment avec le travail de leurs mains.» Odélie plia la lettre, la remit dans son enveloppe: «Heureusement que j'étais pas dans la culotte de mon cousin; moé, j'aurais pris l'épouvante.» Je lui demandai:

«Les poissons étaient-ils plus énormes que la baleine de *Jonas-dans-la-baleine-disait-je-voudrais-bien-m'en-aller-bou-boum-bou-boum?*»

Une chanson sur cette fameuse histoire biblique était alors très populaire à la radio. J'avais déduit que le refrain au complet était le nom de Jonas... Odélie m'a répondu: «Les poissons de mon cousin américain étaient aussi gros que la baleine de Jonas. Mais son bateau était ben plus gros que celui de Jonas; c'était un bateau américain.» J'ai annoncé: «Un jour, je vais faire un grand voyage dans un grand bateau américain. Même si les poissons sont plus gros que mon bateau, je vais les regarder les yeux dans les yeux.»

J'étais si brave quand j'étais un enfant... Aujourd'hui je suis encore plus brave car j'ai appris qu'il faut parfois fuir.

7

Avez-vous déjà vu un caillou avec des ailes?

Vous ne présumez pas que j'aie inventé cette histoire de poissons plus gros que le bateau, n'est-ce pas? Peut-être ai-je un peu dérivé. J'essayais de vous parler de la berceuse de ma grand-mère, et me voilà dans une histoire de poissons... Ce petit vin mexicain ravive la mémoire. Je n'ai rien inventé. Un très grand écrivain m'a assuré que les écrivains n'inventent rien. Ils savent seulement jusqu'où ils peuvent mentir...

La lettre du cousin inconnu était réelle. Les mots que j'ai cités doivent ressembler passablement à que ceux qu'Odélie m'a lus. Je ne les ai jamais oubliés. Cette lettre m'avait incroyablement impressionné. Tant de fois, après cela, j'ai tourné les pages de l'*Encyclopédie de la jeunesse*, à la recherche de ces poissons capables d'avaler un bateau... Je ne trouvais rien.

Une quarantaine d'années plus tard, nous naviguions au confluent de l'Amazone et du Rio Negro. Certainement ému de me trouver là, en ce point exotique de la planète, j'ai confié à quelques compagnons mon souvenir des poissons du cousin américain... La semaine dernière, l'un d'eux, au téléphone, me demandait si j'en avais enfin pêché un... Le cousin américain a vu ces poissons. Ma grand-mère a cru son histoire.

L'enfant que j'étais a rêvé à ces monstres. Donc ils existent! Il suffit de découvrir où ils frayent. Ensuite nous irons à la pêche, voulez-vous? Je sais qu'ils existent. L'exploration de l'Univers débute seulement. On soulève à peine la pelure du fruit. Une seule chose est plus vaste que l'Univers: c'est notre ignorance de l'Univers. Entre l'ignorance de ma pauvre grand-mère et la science de ce fameux astro-physicien qui explore les nébuleuses inconnues, la distance n'est pas tellement considérable. Odélie et le savant se ressemblent beaucoup: l'ignorance de l'un et de l'autre est immense.

Comment la première mouche a-t-elle su qu'elle pouvait voler? Comment le premier ver de terre a-t-il compris qu'il devait ramper? Qu'est-ce qu'il y a après l'éternité? Comment le premier homme sur la Terre a-t-il découvert que sa femme pouvait avoir des enfants? J'ai posé ces questions à ma mère, quand j'étais petit. Marie-Anna a dû aussi le demander à Odélie. Que savait-elle dire pour rassurer son enfant égarée dans l'inconnu? Devant ces énigmes, peut-être l'ignorante petite Odélie en connaissait-elle plus que les savants?

Serais-je en train de faire l'éloge de l'ignorance? Non, je ne justifie pas l'ignorance d'Odélie et d'Anatole. Je n'essaie pas de l'embellir non plus. Non... Je ressens plutôt une inguérissable colère contre les responsables de ce grand malheur d'un petit peuple qu'on a voulu ignorant pour le garder soumis. Vous ne me verrez pas «renarguer», comme disait ma grand-mère, un seul mot de cette affirmation.

Je vais tenter de m'expliquer... Je n'affirme pas que le savoir est inutile. Je ne prétends pas que l'ignorance et la connaissance sont «équipollentes», pour répéter un autre de ses mots. Je ne prêche pas qu'il ne vaut pas la peine d'étudier. Je ne dis pas qu'il est désespéré d'apprendre.

Malheureusement, quoi que l'on sache, l'ignorance nous rattrape toujours. Durant ma vie, j'ai passablement étudié; je sais que j'ai si peu appris... L'homme qui connaît tout a un jumeau presque identique: celui qui ne sait rien. Tous deux sont au milieu d'une mer sans fond, sans fin...

Non, je ne suis pas devenu pessimiste! Je maintiens qu'apprendre est le seul espoir des humains. Si le caillou avait appris quelque chose, il aurait des ailes. Ou des nageoires. Il serait capable de voler, de nager. Il serait libre. L'une des malédictions de l'ignorance, c'est qu'elle est toujours assortie de la terreur... J'ignore si les cailloux ignorants connaissent la peur, mais, le soir, dans la forêt, la jeune Odélie, abritée par des murs de rondins calfatés de mousse, avait la frousse.

Son homme, épuisé comme une bête, ronflait. Elle aussi était exténuée, trop fatiguée pour aller dans son lit, dormir. La journée était longue. Les hommes se réveillaient tôt, en pleine noirceur, pour arriver, au premier rayon de lumière, devant l'arbre à abattre. Odélie devrait se lever avant eux pour leur préparer les crêpes. Marie-Anna bougeait dans son ventre. Ravie, la jeune mère, ma grand-mère, tentait de s'assoupir dans sa berceuse, mais l'angoisse la tourmentait:

«Les hommes avaient trimé comme des déchaînés. I' avaient halé mille billots; i'en avaient les jambes toutes tortes. Des fois, y en avait un qui avait reçu un arbre affalé sus lui. I' s'amenait dans ma cuisine avec l'os de sa jambe morquaquoquassé: entre le pied et la hanche, c'était de la vraie viande à saucisse. Je le soignais. À la belle clarté du jour, les bûcherons se décarcassaient: i' abattaient, i' sciaient, i' ébranchaient. Au souper, i' tombaient endormis, le nez dans la crème de leur tarte au sucre. La journée du lendemain serait du pareil; au matin, tout allait recommencer... Ça fait que les hommes se réveillaient un peu, i' se levaient de table pour aller estimer les chevaux, les abreuver, les encourager, soigner les esparvins, rafraîchir la paille. Ensuitent i' tombaient dans leu' lit.

«Mon Anatole, qui avait la meilleure hache de tous, se levait avant chacun. Faut dire itou qu'i' était fringamment le premier à s'endormir. Moé, après l'embesognement de la vaisselle, je restais toute seule dans ma barceuse. Que j'ai eu peur dans ce temps-là! Je m'empaletoquais dans mon édredon. Notre cabane était basse comme un trou dans la terre. La nuitte, les arbres se balançaient comme des revenants du cimetière. Leu' branches étaient comme les mains du Diable. Des fois, leu' doigts griffus graffignaient le toit, le mur et même la vitre de la petite fenêtre. Par bon vent, on entendait la voix du Diable qui se plaignait en Enfer. Ces ullements-là, je les entendrai toujours.

«Mon garçon, as-tu déjà entendu le Diable quand i' est de l'autre côté de la nuitte? Entre moé et le Diable, y avait seulement le mur de ta cabane. Le Diable s'approchait. Le Diable commençait à arracher la mousse entre les rondins. Je savais mon homme capable, mais mon homme rompichounait. I' avait gagné son droit de dormir. Pis, i'comprendrait pas ma frousse parce que lui, i' a pas peur du Diable. Les dents rentrées dans les gencives pour qu'elles claquent pas trop fort, j'attrapais mon chapelet et je lâchais une dizaine de patenôtres entrelardés de Salut Marie.

«Dans ce temps-là, on rapportait tellement d'histoires sur le Diable. L'Enfer était plus proche du village que la ville de Québec. Au chantier, les hommes trimaient comme des bœufs et i' sacraient comme des hommes. Y en avait même qui blasphémaient. Anatole blasphémait pas. I' sacrait pas contre la bonté du bon Yieu. I' churelurait pas le miquelon, mais i' pintochait pas l'eau bénite non plus. Avec leu' sacres et leu' blasphèmes, les bûcherons préparaient leu' z'âmes pour le Diable qui était embuschié dans la forêt pour renarder. D'après les histoires, i' venait ramasser ses âmes. Son bien, i' le déposait à la banque, dans son Enfer. La nuitte, on entendait brailler la voix des damnés. Que j'ai été épouvantée dans ma jeunesse! Trou du cul d'un ver à pattes!»

8

Passage d' une étoile en feu

«Dans ce temps-là, le Diable avait pas encore la télévision pour se distraire. I' s'amusait à tormenter les pauvres bûcherons, ah! ah! ah!»

Odélie arrêta son récit. Un instant, elle fixa quelque chose, très loin. Puis elle projeta sa berceuse vers l'arrière:

«Une fois, on a été empoignés par la frayeur de la fin du monde. La fin du monde... Ouais... J'ai eu cette frousse-là itou. J'espérais mon bébé, ta mére, Marie-Anna. Elle était pas due pour se montrer avant juillette. Pour arriver à l'été, il fallait que l'hiver finisse. L'hiver et le printemps barguignaient. En mai, i' neigeotait encore. Les épinettes étaient encore emmitouflées de belle laine blanchie. La neige était épaisse. Les chevaux s'embourbaient. Les coups de fouets suffisaient pas. I' fallait que les hommes leu' déblaient le passage. Cet hiver-là, les chevreuils fregondaient. Plusieurs se sont entrappés dans la neige. Les hommes m'amenaient des belles bêtes encore chaudes dans leu' poil. Eux, ils s'occupaient de la dépeçure. Moé je m'occupais du cuisage.

«S'ils voulaient pas défoncer jusqu'aux fondements, les bûcherons devaient travailler en raquettes. J'étais enflambée d'inquiétude. Les hommes bauchaient l'un contre l'autre. En bochetant un arbre avec un coup de hache trop fort, Anatole pouvait glisser, s'écartiller et se démantibuler une rotule. Je songeais à tout ça en trantranant dans la cabane. C'est là que la fin du monde est apparue...

«Les hommes allaient pisser dans la neige, en dessous des étoiles. Pour les hommes, c'est facile. I' avaient pas besoin de prendre le temps de s'enfourner dans une bougrine ni de se botter. Là, dehors, ils tiraient leu' petite corne et i' soulageaient leur oisillon sous le regard du bon Yieu. Ah! i' peuvent ben être ordilleux, les hommes, avec leur petite rognure!... Cette nuitte-là, Anatole est rentré plus blanc qu'un drap blanc. As-tu aperçu le Diable en personne?, que je lui ai demandé. I' m'a annoncé que le feu était pris su' une étoile proche. C'était comme un gros feu de cheminée. L'étoile tombait vers nous. Elle galopait. Elle allait s'échouer sur notre bois.

«Anatole avait parlé pas mal fort. Plusieurs s'étaient réveillés. Y avait un désordre incomparable parce qu'i' étaient tous ben fendus de gueule. Accoutrés dans leurs sous-vêtements de laine, i' sont sortis les orteils tout nus dans la neige. On a surveillé l'étoile en flammes qui dégringolait. Personne avait envie de retourner attendre la fin du monde sur son matelas. Elle a pas osé se montrer cette nuitte-là.

«Après des heures longues comme des semaines, le matin s'est levé comme si ç'avait pas été la fin du monde. La journée a passé comme une journée ordinaire, sauf qu'elle a été aussi longue qu'un mois, à cause de nos tremblements de coeur. Au soir, on a retrouvé notre étoile en feu. Elle s'en venait vers nous comme une balle. On était certains qu'on allait tous cuire en frétillant dans le feu. La neige était trop haute. On pouvait pas prendre la poudre d'escampette. On pouvait pas se réfugier assez loin pour être sauvés.

«Moé, je me berçais avec mon bébé qui était pas encore mis au monde. Je priais. J'avalais mes Salut Marie comme des pilules. J'implorais le bon Yieu. Avec Sa fin du monde, je voulais pas qu'I' fasse trop mal à Marie-Anna. Je voulais pas souffrir; moé itou, j'étais trop jeune pour m'étendre morte. Je pensais à ma famille. J'entendais la musique au loin, dans les terres basses. Je verrais pus jamais mon pére avec son violon à l'épaule. J'entendrais pus jamais ma mére chanter:

À cheval, gens d'armes!
À pied, Bourguignons!
Montons en Champagne,
Les Anglais y sont!

«À cause de la destorse de cette étoile, j'ai pensé que je verrais jamais la petite face de Marie-Anna. Je devais deviner sa petite face: elle ressemblait un peu à Anatole, un peu à moé... Être massacrés par une étoile enfoliée, c'était pas un sacrement chrétien! Je craignais pas de m'en complaindre à mon doux Jésus.

«Qu'on a guetté pis guetté cette étoile en feu! En haut, elle avair l'air ben petite. Rendue en bas, elle allait nous écrapoutir. Que j'ai eu peur!

«Le bon Yieu nous a aimés. La fin du monde est pas venue. Quelques mois plus tard, Marie-Anna, ta mére, est arrivée... L'étoile qui avait le feu au cul, c'était une comète, comme i' ont dit plus tard. C'était la comète... Comment est-ce qu'elle s'appelait?.. Mon doux Seigneur, c'est-i' possible d'avoir la mémoire percée comme une vieille chaussette?.. C'était la comète...»

J'ai suggéré: «La comète de Halley?»

«Oui, peut-être ben. Un nom qui sonnait de cette manière-là. Peu importe le nom, on a eu la frousse. Pour moé, c'était un morceau du soleil qui dégringolait sur nos têtes. Que j'ai-t-i' eu peur de la fin du monde! Trou du cul d'un ver à pattes!»

Odélie s'esclaffa comme si elle avait inventé le rire: «Ah! ah! ah! ah!» Quand la fin du monde est vraiment arrivée, pour elle, Odélie avait soixante-seize ans...

9

Le bon temps où l'arbre était plein de poètes

Odélie parlait comme j'essaie de le suggérer. Les mots juteux l'enchantaient. Elle devenait goguenarde quand, sur ses lèvres, s'épanouissait le chatoullis d'un mot qui surgissait des siècles anciens de la France. Elle se délectait de la musique dans ses syllabes. Créer un mot ne la gênait aucunement. Vous croyez qu'elle ne disait pas: «Trou du cul d'un ver à pattes!» Je voudrais avoir eu assez d'inspiration pour forger ce juron!

Ces mots-là sont une formule sacrée. Après avoir raconté une histoire triste, une misère, un malheur, une maladie, un décès, une peine à crever le cœur, Odélie faisait exploser son juron. Si elle est un peu vulgaire, cette imprécation-là était magique. Elle effaçait toute sa tristesse. Elle était un peu sorcière, Odélie.

Voilà... Je viens de vous transmettre son secret. Soyez prudents. Ne dilapidez pas sa magie. Ne répétez cette formule que si vous êtes très malheureux. Alors elle chassera ces gros nuages noirs qui, à certains moments, pèsent sur nos vies comme des rochers. Et le ciel va redevenir bleu au-dessus du Québec...

Avez-vous lu Rabelais quand vous étiez au collège? Son langage n'était pas toujours assez raffiné pour les enfants distingués de parents distingués. En 1960, ma grand-mère parlait encore la langue de Rabelais. Ce raconteur formidable écrivait son œuvre, à l'époque où Jacques Cartier prétendait découvrir le Canada. C'était en 1534. Le Capitaine de Saint-Malo, en bon Français, arrivait en retard: quelques siècles après les Iroquois, les Hurons, les Etchemins et autres peuples de notre pays. Du Moyen Âge, les mots ont passé par les œuvres de Rabelais et dérivé jusqu'aux terres basses de Québec, près du fleuve. C'est là qu'Odélie a cueilli quelques belles fleurs au jardin de la langue française. M'entendez-vous? Je parle maintenant comme le chanoine Groulx... Trou du cul d'un ver à pattes!

Malgré les guerres mondiales, la bombe atomique, la Guerre froide, la télévision, les avions supersoniques, les cuisinières électriques, les Beatles, les ordinateurs, ma grand-mère n'a pas perdu la langue de ses ancêtres. De génération en génération, dans sa famille, on s'est transmis les mots comme des bijoux. Avait-on d'autres richesses que les mots?

À huit, neuf ans, j'écoutais Odélie dans sa berceuse. Ses mots faisaient des pirouettes. Cela m'amusait. Elle parlait un langage démodé comme les personnes âgées portent des vêtements anciens: tel était mon jugement.

Quelques années plus tard, moi, le petit-fils de l'homme à tout faire, du bûcheron, du forgeron, du charron, je fréquentais la fameuse Sorbonne, à Paris. J'étudiais une langue disparue, le français; je veux dire le français de l'époque ancienne, quand un peuple inspiré inventait une langue nouvelle. Les poètes d'alors chantaient comme des oiseaux dans l'arbre vert de la langue française. (Elle n'était pas encore un produit surgelé.)

Notre sorbonnard de professeur, tout en grimaces, lisait à haute voix des textes de Rabelais. Sa bouche, péniblement, s'efforçait à prononcer les mots rares. Au lieu de mordre dans ce texte comme dans une épaisse tranche de pain de campagne sur laquelle on a étalé un bon doigt de beurre jaune et trois bons doigts de cochon gras, il avait plutôt l'air de suçoter une pastille contre la constipation. Sa langue française lui était étrangère. Docteur ès lettres anciennes, c'est Odélie qui aurait dû enseigner en Sorbonne!

Les étudiants ne pigeaient pas, comme ils disaient. Ces mots riches, emmaillotés de musique, leur semblaient un dialecte d'une tribu disparue. Pourtant, c'était la belle langue française, leur langue, notre langue. Moi, venu du Québec, je la comprenais sans trop d'ahan (sans trop d'efforts). C'était la langue journalière de mes grands-parents. La langue d'Odélie, la langue d'Anatole. C'était plutôt la langue d'Odélie: elle était plus bavarde... On a perdu la musique des vieux mots. Avec celle des chansons oubliées, elle flotte sans doute quelque part dans l'espace. Sur une planète inconnue, un jour, des antennes les entendront encore...

Semblable à l'enfant qui tente de retenir dans ses mains l'eau de la marée descendante, je me suis souvent appliqué à cueillir cette musique ancienne qui s'éloigne... Tout autour, des petits maîtres pépient dans leurs petits livres d'où jaillit une petite prose pâle comme le mur d'une petite chambre d'hôpital...

Donc vous n'avez jamais lu Rabelais. C'est un trou dans votre culture. C'est, oui, un gouffre! Vous devez «ramender» votre négligeance... Essayez de vous «ramentevoir» des mots anciens effacés par le temps. C'est votre «hoirie»; vous diriez: votre héritage.

10

Une liste où l'on ne relève pas un raton-laveur, mais un peintre géométrique

– Laissez-moi remplir votre verre...

Vraiment, je n'essaie pas d'esquiver l'histoire de la chaise qu'Anatole a construite pour sa femme... En cette fin de siècle, on a l'obsession de la ligne droite. Du raccourci. On vole de Londres à New York en trois heures. On se précipite sur les autoroutes. Le courrier est électronique. Une agence de voyages garantit à ses clients qu'ils atteindront le Nirvana en sept jours, trajet vers le Népal inclus! On propose des ateliers: devenez un leader en trois après-midis! devenez un orateur en deux heures! devenez un millionnaire en un mois! On se presse à des cours de lecture accélérée. On condense les œuvres littéraires. Les restaurants deviennent rapides, la cuisine instantanée. La vie même paraît trop longue: dès l'adolescence, on se suicide.

Cependant, dans une vie, les moments les plus riches sont ceux de l'attente, de la préparation, des détours, des imprévus, des retards...

Bien... Comment Odélie et Anatole se sont-ils connus? Ah! on s'imagine que les histoires d'amour étaient romantiques à cette époque-là... Des chevaux, des champs, des fleurs, des oiseaux... et le ciel qui vous étourdissait... Pourtant, les temps étaient difficiles, comme on dit. Odélie avait quitté l'école à douze ans pour rester à la maison. Elle s'occupait des plus jeunes, cuisait le pain. À la saison, elle moissonnait à la faucille sa part de blé. Elle apprenait à coudre, à repriser. Elle aidait aussi au ménage chez les fermiers des alentours. C'est elle qui lavait le linge à l'eau froide de la rivière. Il fallait bien des coups de battoir si l'on voulait des draps blancs! Ce travail pénible, l'hiver, se faisait à la maison. Pour l'eau, on faisait fondre de la neige dans de grandes bassines. Quelle adolescence éreintante!

Odélie et Anatole se sont entre-regardés pour la première fois en 1909. Le père d'Anatole, mon arrière-grand père, était décédé. Ses entreprises continuaient: l'hôtel, l'atelier de réparation de voitures, le comptoir de tissus, les voitures de transport pour l'approvisionnement. Ses tombereaux fournissaient aux habitants le lard et la morue salés, les haricots, les biscuits de marine, le hareng fumé, la farine et les sacs de grain pour les animaux. L'oncle, qui avait repris les affaires de son frère, garda Anatole à son service: ce neveu était un garçon honnête, travailleur, sobre, qui ne craignait pas de prendre à la fois deux sacs de farine sur ses épaules.

En pleine tempête, en janvier, une nouvelle servante est apparue à l'hôtel. C'était Odélie. Elle avait dix-huit ans. Trois mois plus tard, elle retournait chez ses parents. Entre mars et juillet, ils ont correspondu, comme disait Odélie. Ce jeune homme taciturne, qui se réfugiait dans des silences imprenables, écrivait tous les jours à Odélie, du vif argent, qui aimait la musique et la danse. Leurs lettres devaient être émouvantes. Au passage de cette jeune fille, Anatole s'était enflammé comme un feu d'abatis. Ils se sont épousés en juillet...

Qu'est-ce qu'un abatis? demandez-vous. Après avoir «dessarté», on allumait un feu d'abatis pour brûler les souches, les branches et les débris. Dessarter: c'est un autre mot qui s'est évaporé du dictionnaire. On l'utilisait encore quand j'étais petit. Aujourd'hui, on dit défricher. Combien de mots ont été rayés de notre langue française depuis que j'ai appris à parler...

À son mariage, Odélie portait une robe de cachemire beige. Les retailles ont été enroulées et mises de côté pour plus tard... Elle savait que ce tissu allait un jour servir... Quand elle aurait une fille, Odélie lui ferait une robe dans les retailles de sa robe de mariée. C'était son rêve de jeune mariée. N'est-ce pas touchant? Ce fut la robe du plus mauvais souvenir de Marie-Anna: oui, la robe trop vaste de la petite Marie-Anna... Je vous ai déjà raconté ça, non?

À la noce, il y avait beaucoup de musique. Je soupçonne qu'on a dansé après le départ du curé. Le lendemain, Odélie a quitté sa famille. Anatole, était fier comme le vent du nord. Sa femme courbait la tête comme une fleur trop belle. Leur barouche, comme elle disait, a pris la tête du convoi, en route pour la vie. Quelques parents les accompagnaient. Des chevaux costauds tiraient les voitures chargées: un lit, un coffre rempli de draps et de couvertures, une machine à laver, une commode, un baquet pour le bain, un balai, une vadrouille, une planche à laver, une bouilloire, une planche à repasser, un bassin et un pot à eau en porcelaine, des seaux, un golendar, une malle, deux chaises droites, une machine à coudre, un râteau, une bêche, un arrosoir, de la farine, de la moulée, quelques cages de poules... «Et un raton-laveur!» Vous connaissez ce poème de Prévert!... Une vache suivait, attachée, à la dernière voiture.

Je sais dresser un inventaire. D'un coup d'œil! Dans ma jeunesse, j'ai été employé au Département des évaluations de la ville de Montréal. Mon collègue était un peintre à l'inspiration *géométrique*. Avec deux maigrichons, un poète et un peintre abstrait, les coffres du Service de la taxe de la ville de Montréal étaient grassement alimentés!

Quant à Odélie, lorsqu'elle est enfin parvenue, quelques jours plus tard, devant la maison d'Anatole, sur la colline, elle a tout de suite aimé ce morceau de terre où elle vivrait. Deux peupliers étaient plantés devant. Des voisins avaient rasé l'herbe autour. La cuisine était propre: un plancher peint jaune orangé et des rideaux de dentelles.

Le ménage ne comptait pas de berceuse. Odélie savait qu'elle deviendrait grosse pendant l'hiver. Elle aurait besoin de se reposer. Le mariage avait coûté gros: comme à l'école, ils ont additionné et soustrait des chiffres sur le coin de la table. Le total ne permettait pas d'acheter une berceuse. Anatole a décidé d'en construire une. Et il est sorti chercher du bois.

11

En passant par un monastère, l'intrigue se complique encore

J'aimerais raconter que mon grand-père a pris sa hache, qu'il a marché jusqu'au premier arbre, qu'il l'a abattu et qu'il est revenu avec une berceuse sous son bras... Non... Anatole s'est tout simplement dirigé vers un tas de bois empilé dans sa grange. Il a choisi les morceaux qui lui convenaient. C'était du bois des trappistes. La berceuse d'Odélie a été faite dans du bois du monastère des trappistes.

Quel monastère? dites-vous. Dans le village d'Odélie et d'Anatole, le village de Marie-Anna, mon village, il n'y a pas de monastère. Jamais je n'y ai entrevu un moine... Cependant, avant la fin du siècle précédent, un monastère s'élevait comme une humble prière sur la colline. Il a disparu comme s'efface dans le temps tout ce qui vit.

Je pense à cette année où Anatole était devenu très vieux. Il avait perdu le sens du temps présent, mais il se souvenait en détail du passé. J'ai parcouru avec lui le domaine où il vivait soixante ans auparavant. Nous avons marché sur l'emplacement du monastère disparu. L'histoire de ces trappistes est une histoire vraie. Je n'invente pas ce monastère. Je ne fabule pas pour appliquer à mon village un déguisement mythique...

Après la démolition du monastère, les colons ont récupéré les matériaux, utilisé le bois pour leurs constructions. C'était les débuts du village. La maison où Anatole a emmenée Odélie après la noce a été bâtie avec le bois des trappistes. La terre sur laquelle elle a été posée avait été cultivée par les trappistes. La table de la cuisine était une table autour de laquelle les trappistes prenaient leurs pieux repas. Anatole a découpé la berceuse d'Odélie dans le bois des trappistes.

Ils étaient de vrais moines dans le moyen âge des collines de Dorchester. Leur histoire est une histoire triste. Imaginez: avant eux, il n'y avait rien à cet endroit. Imaginez la région. Les arbres malingres s'étouffent les uns les autres. C'est une forêt de fardoches, d'arbustes, de broussailles revêches, trouée de quelques clairières. À chaque dégel, comme aujourd'hui, le sol déborde de roches, mais là où la terre est marécageuse, l'herbe pousse haute, drue, rugueuse. Le village voisin est situé à une journée de voiture. En guise de chemin, l'on suit les traces des quelques voitures qui se sont aventurées par là...

Enfant, j'ai écouté plusieurs fois les vieux raconter une belle anecdote au sujet de ce chemin qui n'était pas encore un chemin. Un homme, avec un sac de farine sur le dos, s'était rendu au moulin faire moudre son blé. Si la terre n'était pas boueuse, c'était deux jours de marche «d'une noirceur à l'autre», comme l'on disait. Revenir au village des trappistes, exigeait deux autres longues journées. Cette fois-là, le ciel, qui était chargé, noir, tout à coup éclate, se déchire. La pluie s'abat sur notre homme. De sa farine, la pluie va faire de la pâte! Sa femme, au village, attend cette farine. Elle en a besoin pour la famille. Il n'a pas le droit de laisser la farine se gâter. Il faut trouver un refuge. La maison la plus proche, il ne la verrait pas avant le lendemain. Les arbres sont trop chétifs pour l'abriter. Il cherche la saillie d'une grosse pierre, le trou d'une vieille souche pour y enfoncer son sac. Autour, rien ne s'offre pour protéger sa farine. La pluie continue, forte, intense. L'homme est seul. La nature refuse de l'aider. Finalement, il arrache ses vêtements et en recouvre son sac. Il s'étend de tout son long sur la farine «comme sur une femme», précisait le vieux raconteur, l'œil brillant de cette étoile de lumière qu'avaient les adultes quand ils s'entretenaient de mystères interdits aux enfants. La pluie s'acharne. La pluie est froide. C'est une pluie d'octobre. Il grelotte. Sa femme attend la farine. Elle a promis aux enfants du pain chaud. Il n'a pas le droit de perdre sa farine à la pluie. Il serre ses bras autour du sac, il aplatit son corps pour tout le recouvrir. Personne d'autre que lui ne sauvera la farine. La pluie persiste. Elle ne cesse que tard dans la nuit. Quand tout s'est calmé, l'homme se rhabille. Il recharge son sac de farine sur son épaule. Sans attendre la lumière du jour, il reprend sa marche. Sa femme cuira du bon pain doré pour dimanche.

– Garçon! apportez du vin. Du mexicain...

Les trappistes sont apparus sur la colline de Sainte-Justine avant que le village ne soit un village. C'étaient des moines silencieux. Leur règle interdisait la parole. Ça ne développe pas beaucoup le vocabulaire. Ils sortaient du lit à deux heures le matin. De septembre jusqu'à Pâques, ils jeûnaient. Un seul repas par jour leur était permis. Ils mangeaient à deux heures de l'après-midi. C'était douze heures après s'être levés. Ils avaient prié, chanté, travaillé aux différentes tâches qui leur étaient imposées. Toute viande leur était défendue. Ces trappistes, moi, je les proclame tous saints et je les admets au Ciel. Ils étaient des saints. Ils étaient des fous.

Imaginez! Ils venaient de Belgique, d'Allemagne, de France, du Nouveau-Brunswick et du Québec. Ils se sont amenés dans cette lande sauvage avec pioche, hache et bréviaire. D'abord ils se sont agenouillés près de la rivière, parmi les roches, les oiseaux et les nuages. Puis ils ont élevé un abri temporaire. Pour respecter leur vœu de pauvreté, l'abbé ne leur a pas permis d'aplanir le plancher. Donc, leurs sandales se posaient sur des troncs d'épinettes accolés l'un à l'autre. Pensez à la résine gluante, aux nœuds, aux aspérités, aux inégalités. Ils ont probablement ajouté un peu de boue entre les troncs. Pour dormir, ils s'allongeaient sur des tas de branches.

Ensuite, aidés par quelques colons, les moines se sont engagés à la construction de leur monastère. Autour d'un préau, l'édifice formait un quadrilataire avec chapelle, grange, hôtellerie, dortoir, réfectoire et ateliers. Tout était construit en pin. On transporta le bois sur des charrettes tirées par des bœufs, tout le long du chemin impraticable. Les plans du monastère, quelques dessins aussi, ont été conservés. Avec l'humble clocher de sa chapelle, c'était une bâtisse touchante de simplicité. On a chaulé les murs extérieurs. La chaux, c'était la coquetterie des pauvres. L'hiver, le monastère tout blanc devait se confondre avec la neige et s'évanouir sur la colline. L'été, ce devait être joli d'apercevoir, entouré d'arbres verts, ce monastère tout blanc, avec un jardin et des moines qui s'affairaient aux besognes quotidiennes...

Écoutez le silence original d'une terre où les gestes de ses habitants commencent à peine à écrire l'histoire. C'est un silence qu'hommes et bêtes respectent. Soudain s'élève la voix pieuse de la cloche du monastère... Écoutez...

À partir du réveil des moines, à deux heures du matin, jusqu'à leur coucher, la cloche marquait chacune des heures, souvent la demi-heure et, parfois, le quart d'heure. Entendez la musique de cette pauvre cloche sur les collines désolées de Dorchester. Depuis la création du monde, cette région n'avait entendu que le chant des oiseaux, la plainte des vents, le murmure des ruisseaux, le grondement des tonnerres, le vrombissement des mouches, le chuintement des feuilles et, tout à coup, au clocher du monastère, la cloche tinte pour que le Créateur se souvienne de Ses terres qu'Il a oubliées. Le premier son de la cloche des trappistes sur cette campagne est aussi important que la première parole de l'homme sur la Lune!

La berceuse d'Odélie a été construite avec le bois de ce monastère! Aujourd'hui, on dira simplement que ce fut du recyclage. En fabriquant une chaise pour Odélie, Anatole a redonné la vie au monastère des trappistes. La vie continue... Le phénix renaît de ses cendres, comme l'on disait il y a quelques siècles.

Le monastère a-t-il été détruit par la foudre? Non, il n'a pas été anéanti par une tempête électrique, comme on disait dans mon enfance quand on parlait de la foudre et des éclairs. Le monastère a été rasé par une tempête bien humaine. La chicane s'est installée dans le cœur des trappistes. Ils ont commencé à se quereller comme de saints moines. Ailleurs dans le monde, les monastères ont résisté aux disputes car ils étaient faits de pierres. Celui-ci n'était que de bois...

En plus de leurs occupations célestes, comme le chant, la méditation, la prière, ces bons cénobites, en attendant de quitter la Terre pour s'envoler au Paradis, fabriquaient du fromage, du pain; ils s'adonnaient à des tâches de charpentier, de forgeron. Ils élevaient des vaches, des moutons, des poules, des cochons pour les vendre aux colons. (Vous vous rappellez, les moines étaient végétariens.) Ils défrichaient leur domaine: ils abattaient les arbres, ils essouchaient, ils épierraient, ils labouraient, ils écobuaient. (C'est une façon de fertiliser le sol en épandant la cendre des racines et des herbes brûlées.) Ils cultivaient les champs, le potager. Les moines étaient des colons qui s'esquintaient à leurs travaux terrestres. En plus, ils se pliaient rigoureusement à la règle très sévère de l'Ordre des trappistes.

Cette règle austère avait été promulguée en Europe, dans un climat moins impitoyable que celui des hauteurs de Dorchester, au Canada. Elle proscrivait absolument la consommation de viande. De plus, très rigide, elle ne permettait pas un sommeil suffisant pour que les corps fourbus se reposent. À mon humble avis, la règle exigeait de ces moines qu'ils vivent comme s'ils avaient été de purs esprits. Pourtant, ils n'étaient pas des anges dans les cellules d'un monastère paisible, mais des esclaves du bon Dieu en exil sur la terre de Caïn. L'hiver était si froid qu'il rendait le fer brûlant; l'été, la chaleur vous étouffait comme si l'air manquait. Et les moustiques... les moustiques vous harcelaient, vous dardaient comme de mauvaises pensées. Les moines devinrent impatients, irritables. Les haines s'attisaient. Le silence s'envenimait. Des complots se tramaient dans un silence pesant.

Vous connaissez l'auteur de *L'Île au trésor* et de *Docteur Jekill et M. Hyde:* Stevenson. À peu près à cette même époque, il voyageait à dos d'âne, en France. Stevenson a été accueilli par des trappistes, dans les Cévennes. L'auteur a noté dans son carnet le «brillant exceptionnel de leurs yeux.» Dans le monastère du village de ma grand-mère, les trappistes devaient aussi avoir le regard étrangement brillant. Mal nourris, mal reposés, surmenés, épuisés, les bons moines étaient en très mauvaise santé. Deux ou trois moines étaient morts de consomption; on nommait ainsi la tuberculose: de beaux moinillons de vingt ans...

Avant de rendre l'âme, le mourant était transporté à la chapelle, sur son grabat, pendant que ses frères scandaient des cantiques sacrés d'espoir immortel. Après son dernier souffle, la cloche s'agitait, chantait et dansait comme pour un mariage. Son âme était enfin retournée au ciel, l'unique patrie.

Au monastère du village, exténués, les moines étaient au bord de la démence. Son bateau était secoué par la tourmente, mais à la barre, l'abbé, d'une main ferme, tenait rigoureusement le cap sur la règle.

Certains moines réfractaires l'ont accusé d'abus d'autorité; ils l'ont dénoncé à l'évêque. Afin d'étouffer le drame de ces saints tombés dans l'hommerie, de ces anges qui agissaient comme s'ils avaient été des humains, l'évêque a ordonné le démantèlement de la communauté et la démolition du monastère. Tout a été détruit. Sans doute y avait-il là, entre les murs du monastère, des histoires qui ne devraient jamais être racontées. Les trappistes étaient arrivés en 1862; les survivants sont repartis en 1872.

De tout cela, aujourd'hui, il ne subsiste qu'une brumeuse légende, une enclume de l'atelier de forge et, m'a-t-on assuré, égarée quelque part, une huche à pain. À part cela, rien. Tout, sur la colline, a été fauché comme quelques brins de foin.

Anatole était devenu si vieux qu'il ne connaissait plus, sur cette colline, que le temps passé. Soixante ans auparavant, au commencement de sa vie avec Odélie, il avait cultivé la terre des trappistes. Cet ancêtre de 87 ans marchait avec moi. Tout à coup, il a oublié que j'étais son petit-fils. À cause de ma chemise repassée, peut-être, ou à cause de mes questions, il me croyait un inspecteur du gouvernement. Il a commencé à m'appeler Monsieur. Il avait oublié son âge, son corps ne se souvenait plus qu'il était un vieillard. Il a enjambé la clôture comme un gamin. Il marchait au pas alerte de celui qui a beaucoup à faire.

À mon côté, Anatole avait retrouvé sa jeunesse. Il n'était plus un patriarche dans une maison de retraite, mais un vigoureux fermier avec une femme et un bébé: ma mère, Marie-Anna! Il expliquait à l'Inspecteur du gouvernement (moi) que sa femme, Odélie, n'avait pas beaucoup le temps de bercer le bébé, car elle aussi essouchait, dérochait, fauchait et ratelait le foin. Il se plaignait à l'Inspecteur de la pauvreté de la terre. Anatole ne comprenait pas. Pourquoi la terre était-elle si ingrate? Cette terre aurait dû être bonne; n'avait-elle pas été bénie, défrichée avec des prières, par des trappistes? Les moines travaillaient en priant comme des saints plutôt qu'en sacrant comme des Canadiens.

L'histoire de ces moines s'est évaporée comme le parfum d'une fiole. Ils n'étaient cependant pas tout à fait seuls. Quelques pionniers et leurs familles les avaient aidés à se bâtir.

Ensuite ils s'étaient établis près du monastère. Les gens du Ciel sont partis. Les gens de la Terre ont persisté.

Les trappistes étaient venus de loin pour entreprendre de construire, sur cette terre rude, une réplique du Paradis. Imaginez ce qu'il fallait de rêve, de foi, de détermination, de force. Ils étaient convaincus que Dieu était avec eux. Quel sens de l'aventure il leur fallait! Quel sens de l'entreprise! Quelle endurance! Quelle folie! De cela, seul a survécu le vent qui rape cette colline... De tout cela, il ne reste que le vent, et une enclume. C'est triste. Imaginez si l'église Notre-Dame avait été effacée de Paris...

Peut-on comparer le monastère des trappistes à Notre-Dame? Non: les architectes ne peuvent pas être comparés. Les constructeurs, cependant, devaient partager la même inspiration, la même folie. Ils devaient être le même genre d'hommes, ceux qui s'en vont ailleurs créer un autre monde... Pourtant tout ce qu'ont bâti les trappistes du village d'Odélie et d'Anatole a sombré dans l'abîme. Je n'accepte pas l'oubli. C'est une seconde mort... Connaissez-vous cette chanson de jazz:

If you don't have a dream
How will you have a dream come true?

Si je peux parler de ces trappistes qui vivaient il y a cent trente et quelques années, au début de l'histoire de mon village perdu, c'est parce qu'ils ont fait un rêve. Ce qu'il reste d'eux, c'est leur rêve. Il était une fois un monastère... Leur monastère a été détruit, mais leur rêve est durable. Aussi indestructible que la berceuse d'Odélie!

12

Le Diable, un peu boiteux, entre en scène et cause beaucoup de dégats

Comme un chat, je retombe sur mes pattes: dans la berçeuse d'Odélie. Je vous raconte simplement... C'était une chaise, construite par les mains malhabiles d'un éleveur de vaches, d'un transporteur de sacs, d'un abatteur d'arbres, d'un plieur de fer, d'un pelleteur de gravier, d'un brasseur de fromage qui n'avait jamais fait une chaise auparavant. Mon pauvre grand-père a dû avoir de la difficulté pour découper les pièces de la chaise, les ajuster, les emboîter. Il fallait que ça tienne debout, que ça puisse bercer... Ça exigeait de la délicatesse, de la patience...

Odélie, dans sa berceuse, me fait songer aujourd'hui à ces pionniers dans leur canot, sur une rivière de mauvaise humeur... Elle navigue sur la rivière du temps... Le courant était souvent en colère. Il y avait des remous, des écueils. Souvent seule dans son embarcation, elle a enfilé bien des passages dangereux. Quel itinéraire! Je ne raconte que ce qu'on m'a raconté. Je ne raconte que ce que n'a pas oublié ma mémoire.

Ce dut être pénible de louvoyer de misère en misère. Elle a traversé bien des soirées, des interminables soirées, dans sa berçeuse, seule avec les enfants. À l'époque où Anatole était bûcheron, il quittait sa famille en septembre pour ne revenir qu'à la fonte des neiges, en avril. Plus tard, lorsqu'il a travaillé sur un bateau, il était encore absent pour de longues périodes. C'est lui qui jetait le charbon dans le feu de la chaudière. Quand j'étais petit, j'étais si fier de mon grand-papa qui avait été responsable de faire avancer un grand bateau sur le fleuve! Odélie m'a raconté ses cauchemars d'alors: les poissons plus gros que les bateaux que son cousin américain avait observés venaient hanter ses nuits solitaires.

Une fois, Anatole a été embauché par le gouvernement. Le Premier ministre du temps, c'était en 1930, a fait voté une loi spéciale pour donner de l'ouvrage aux pauvres afin qu'ils puissent nourrir leur famille. La misère était si ravageuse que même le gouvernement s'en était aperçu. La situation était urgente; on ne pouvait reporter les secours à l'été. En plein hiver, bien que le sol ait été recouvert d'un mètre et demi de neige, les chômeurs de la Crise entreprirent de réparer les chemins dans les campagnes malheureuses. Mais, sous la neige, dans les champs, où étaient les routes? La plupart du temps, les balises avaient été couchées par les bourrasques dans la neige accumulée. Cet hiver-là, parmi les autres chômeurs, Anatole, ce travailleur farouchement fier, était condamné à déverser à la pelle du gravier sur la neige pour réparer une route qu'il ne voyait pas. J'ai souvent songé à ce chemin caché, invisible, qu'on tentait de remblayer: quelle métaphore pour décrire la vie!

Odélie m'expliquait: «Mon garçon, c'était comme si t'essayais de calquer un dessin que tu serais pas capable de voir parce que ta feuille blanche aurait cinq pieds d'épaisseur.» Elle racontait les longues nuits de sa solitude. J'écoutais en essayant de comprendre. Il m'était impossible de croire que ma grand-mère ait été vraiment aussi pauvre? Alors, comment pouvait-elle toujours avoir un sac de bonbons caché dans son tiroir? Elle avait été jeune aussi. J'écoutais... Je l'imaginais, seule dans sa petite maison de bois...

La lampe à huile est posée sur la table recouverte d'une toile cirée blanche. La lumière jaune tremblotte sur les murs. À l'étage, les enfants dorment, entassés dans les lits. De l'autre côté de la fenêtre, l'hiver se déchaîne. Le nordet bouscule la maison. Dans la charpente, les clous craquent. Les poutres geignent sous la poussée. Anatole est au loin. L'âme d'un revenant rampe dans les murs. Odélie écoute son frottement contre les planches de bois. Heureusement, les enfants dorment. Ils ne verront pas son inquiétude. Elle ferme les paupières. Elle voudrait dormir comme ses enfants. Peut-être entend-elle dans sa tête une chanson de la vieille France que sa mère, mon arrière-grand-mère, murmurait en la berçant... Dans sa chaise, Odélie a traversé de «maudits arias», comme disait mon père. Non, Odélie et Anatole n'ont pas eu une vie facile.

Dans sa berceuse, Odélie a traversé deux guerres mondiales. Bien sûr, les obus n'explosaient pas dans son jardin, parmi ses tomates. Cette terrible chicane avait lieu dans des pays très éloignés, de l'autre côté de la mer que son cousin américain avait, une fois, traversée. Il y avait même la guerre en France, un pays si lointain que les ancêtres n'avaient jamais pu y retourner. La guerre faisait rage aussi, dans d'autres pays, à des milliers de milles. Le journal montrait des édifices grugés par les bombes, des hommes embrochés par des baïonnettes, des canons qui fumaient, des villes qui brûlaient comme des abatis, des chevaux et des hommes avec les tripes qui coulaient de leur ventre ouvert. Même sur le calendrier, on voyait des tanks, des canons, des drapeaux dans la fumée et des enfants, égarés dans la guerre, qui appelaient leurs parents. Tout cela était si triste.

Des fils de la paroisse étaient partis guerroyer dans les Vieux Pays. Quand ils revenaient, ils ne se ressemblaient plus. Ils faisaient peur. Ces soldats avaient vu trop de malheurs. Ils avaient respiré du poison répandu dans l'air par les ennemis. Dans ces contrées peu catholiques, ils avaient rencontré des filles peu catholiques. Ils avaient commis avec elles des actes défendus à un bon catholique. Ils avaient tué des hommes. Ils en avaient vu mourir. À leur retour du front, ils étaient trop fiers. Ils crachaient le mépris qui débordait de leur cœur. Ils prétendaient toujours avoir raison parce qu'ils avaient vu ce qu'ils avaient vu. Ils méprisaient ceux qui n'avaient pas vu ce qu'ils avaient vu. Ils dédaignaient ceux qui n'avaient pas tué. À cause des horreurs qu'ils avaient rencontrées, plus rien ne leur semblait beau dans la vie.

Odélie poussait sa berceuse et songeait. La guerre était loin. Mais que ferait-elle seule, en hiver, si la guerre venait brûler sa maison? Que ferait-elle si un ennemi apparaissait à sa porte pour transpercer ses enfants à coups de baïonnette? Elle s'imaginait tous les dangers. Tremblante de peur, elle devait se bercer à toute allure, comme quelqu'un qui s'enfuit. Elle devait mitrailler l'ennemi avec des salves d'Ave et de Pater.

La guerre sévissait dans les pays étrangers, mais c'était la maladie qui frappait sa famille. Odélie a traversé tant de maladies. Anatole, les enfants, tous ont été atteints. La guerre, s'expliquait-elle, était un châtiment jeté comme de l'eau bouillante sur ceux qui avaient offensé le bon Dieu. Odélie avait appris du curé que les gens de ces pays ne respectaient pas le repos du dimanche, qu'ils buvaient de l'alcool, qu'ils dansaient comme des païens, que les hommes et les femmes batifolaient au lit sans être mariés et qu'ils rejetaient très souvent les enfants que le bon Dieu leur donnait. Odélie était convaincue que le Diable avait déclanché la guerre. Voilà ce qu'elle m'expliquait dans sa berceuse.

Ai-je jamais été aussi attentif durant ma vie que lorsqu'elle me décrivait la danse des «décharnés» de l'Enfer autour du Diable? Leur tête seulement dépassait la hauteur des flammes quand ils sautaient. Pourquoi sautaient-ils? Leurs pieds étaient brûlés par les braises, «plus rouges que dans mon poêle à deux ponts. I' avaient itou du feu dans les cheveux.» Elle me décrivait l'Enfer comme si elle en était revenue la veille.

De la même manière, m'enseignait-elle, le Diable déchaînait le tonnerre et les éclairs sur la paroisse pour allumer le feu à la grange ou à la maison de celui qui avait profané le nom sacré du bon Dieu. Je crois qu'elle croyait encore plus fermement à l'existence du Diable qu'à celle de Dieu. Le Diable était la cause de tous les maux. Elle en éprouvait un effroi... Marie-Anna, ma mère, croyait aussi fortement au Diable, quand elle était petite et, même beaucoup plus tard, à son dernier jour, à quatre-vingt-cinq ans, sur son lit d'hôpital. Cette peur terrorisait ses nuits d'enfant. Elle souffrait d'une épouvante atavique, ancestrale, viscérale: un effarement qui doit remonter à cette fois où un serpent s'est enroulé autour du corps d'un ancêtre préhistorique.

Pauvre Odélie! Mon cœur se fend quand je l'imagine, toute jeune femme, belle, seule au milieu de l'hiver. Dans les ombres à la fenêtre, elle voyait les doigts griffus du Diable. Elle l'entendait frôler les murs de sa maison. Les prêtres lui avaient implanté cette frousse du Diable...

Je n'ai pas hérité la croyance à ce personnage folklorique. Même si j'ai vu tant d'atrocités affligées aux habitants de notre planète, je suis convaincu que les humains ne sont pas si vicieux, si méchants, si cruels... Alors je me dis que je devrais peut-être commencer à croire au méchant Diable, comme Odélie, plutôt que de perdre espoir en les humains.

Durant ce siècle, les humains ont conquis les moyens de détruire leur planète et d'éradiquer leur espèce. Depuis, ils ne connaissent plus la peur. Détenir le pouvoir de se détruire leur confère une assurance qu'ils n'ont jamais eue. Étant devenus le Diable, ils n'ont plus besoin de croire au Diable. À la fin du vingtième siècle, les humains n'ont plus de peur. Ils n'ont plus guère d'amour non plus. Les deux sentiments seraient-ils liés? On n'aime plus, ai-je dit? Me voici qui parle comme un vieil ermite! La jeune génération a vu la nôtre déchirée par les amours malheureux. Je parie que les jeunes sont comme nous étions: on devient du feu quand on est aimé, et de la cendre quand on ne nous aime plus.

Un amour comme celui d'Odélie et d'Anatole est impensable aujourd'hui. On n'aime plus de cette manière.

13

Ici l'on traverse plusieurs longues nuits blanches

Odélie a-t-elle été une esclave d'Anatole? À mes yeux d'enfant et, aujourd'hui encore, dans ma mémoire, elle était une grand-mère, ma grand-mère... C'est-à-dire une reine... Bien sûr, aucune femme, à la porte du nouveau millénaire, n'accepterait ce genre de soumission. Odélie était la servante de sa famille. Pourtant, je vous le répète: dans ma mémoire, elle est une reine. Je sais bien que mon chaleureux souvenir n'adoucit pas le sort qu'elle a eu. Il se peut bien aussi que le temps, en passant, ait embelli mes souvenirs... Pour moi, elle était une reine.

Reine, ai-je dit? Ces mots réveillent une remembrance. (Comme Odélie, je me délecte des beaux vieux mots juteux.) Quand j'étais petit, les photographies de la reine d'Angleterre, publiées dans le journal, suscitaient une abondante attention. Les femmes du village avaient de la curiosité et du respect pour ces personnages importants. Elles commentaient avec passion les robes, les colliers, les chapeaux vastes comme des parapluie. Elles n'étaient pas envieuses de leurs Majestés, les femmes du village, mais elles exigeaient d'elles du bon goût. J'étais un enfant, j'écoutais. Odélie, au milieu d'un groupe de femmes, avait, une fois, irrespectueusement lancé: «Ce sont des gens comme nous: qu'on soit assis sur un trône en or ou dans une berceuse de colon, on est toujours assis sur son cul!»

Aucune autre grand-mère du village n'aurait parlé de cette manière truculente. Sa grivoiserie me gênait un peu. En même temps, certains de ses mots vulgaires me titillaient.

Devenu adulte, je lisais *Les Essais* du grand Montaigne lorsque, tout à coup, je me suis trouvé devant la phrase d'Odélie. Croyez-moi: Odélie qui avait quitté l'école à douze ans, avait cité Montaigne. Trois siècles après lui, malgré la mer entre le Nouveau Monde et la France de ses ancêtres, elle avait répété les mots d'un écrivain du seizième siècle. Par-delà le temps et la distance, la sagesse du magistrat de Bordeaux était parvenue à ma grand-mère, en contrebande, cachée dans les vieux mots de sa langue française.

Odélie n'a jamais quitté le village d'Anatole. Quelques fois, elle est retournée en train chez sa famille, de l'autre côté du mont Orignal, dans les terres basses... La première ville qu'elle a vue, c'était dans sa berçeuse, à la télévision. Les premiers mois qu'ils ont eu cette machine à images dans leur cuisine, Anatole, pour la regarder, endossait une chemise propre et il nouait sa cravate. Il ne voulait pas que ces étrangers à l'écran le surprennent dans ses vêtements de forgeron. Voilà de la fierté!

Ai-je assez souvent parlé d'eux à mes enfants? Persuadé que la vie est une aventure très excitante, je voulais que se développe dans leur âme et dans leur corps un immense appétit de vivre. Ai-je craint de les effaroucher en leur racontant une vie si difficile? Étais-je un trop mauvais poète pour être capable de célébrer cette odyssée? Ces gens-là étaient très forts. Si souvent, j'ai entendu Odélie répéter un dicton de ce temps-là: «Chaque personne doit porter sa croix.» Vous comprenez? Comme Jésus-Christ, sur le Chemin de la Croix... Vous comprenez? Odélie a porté plusieurs croix. Que d'épreuves!

Ma mère, Marie-Anna, me racontait avec des larmes dans ses yeux, près de quatre-vingts ans après les faits, que sa mère avait donné naissance à un enfant mort-né.

Le bébé n'avait donc pas reçu le sacrement du baptême. Le curé assurait que personne n'était admis au Paradis du bon Dieu sans la marque sacrée du baptême catholique. Toute sa vie, même à la fin, Odélie s'est inquiétée du sort de cet enfant. Puisqu'il n'avait pas été admis au Paradis, qu'était-il advenu de lui? Avait-il été jeté en Enfer où le feu éternel et des bêtes affamées dévorent ceux qui ont péché? L'enfant perdu n'avait pas péché; il n'avait même pas vécu. Pourtant la religion catholique enseignait que l'âme de chaque enfant, même avant sa naissance, est salie par la faute originelle d'Adam et d'Ève. Son enfant brûlait-il dans les flammes éternelles à cause d'Adam et Ève? Ce n'était pas juste. L'enfant n'était même pas né, ce qui s'appelle vraiment naître. Le curé assurait que l'enfant était dans les limbes. C'était, entre le Purgatoire et l'Enfer, une caverne obscure, un «hole», comme disait Odélie, un trou noir d'où l'on ne sort jamais. Un *hole*? C'est un autre vieux mot français, venu de l'allemand, passé à l'anglais... L'âme perdue de son enfant mort avant d'être né n'avait même pas la permission d'errer comme un vent d'hiver. Dans sa berceuse, Odélie a beaucoup mélancolié... (Oui, c'est ainsi qu'elle parlait...) À cet enfant, elle avait donné la naissance, mais elle n'avait pas réussi à lui donner la vie. Odélie se berçait et, un instant, les yeux fermés, elle regardait dans sa mémoire quelques autres peines.

La mort lui a arraché une autre enfant. Celle-là, pourtant, avait reçu beaucoup de la vie. Elle savait chanter, lire, écrire et vaquer à de menues occupations du ménage. «Du jour au lendemain, l'enfant était toute enmaladie.» La diphtérie s'était emparée d'elle. L'enfant est morte. Anatole a construit un petit cercueil. Avec du cèdre des trappistes. Odélie l'a recouvert de feutre blanc. Anatole l'a décoré de clous à tête noire. C'était l'hiver. Un hiver blanc, intraitable. «J'ai hermoflée mon enfant dans une couverture de laine blanche.» La terre était profondément gelée. Dure comme de la glace. Il fut impossible de creuser une fosse. On a déposé le cercueil dans le charnier. C'était près du cimetière, une cabane blanche, toute seule sur la colline. Cet hiver-là, quand elle se berçait, Odélie avait les larmes aux yeux car elle entendait sa belle fillette ronde et rieuse l'appeler, transie, dans son épouvantable silence. Odélie se berçait et elle baissait la tête comme on se soumet à l'inévitable.

Peu de temps après, comme un éclair, la paralysie a frappé l'un des garçons. Avec tout un côté engourdi, il serait incapable de jouer comme les autres enfants. Grandirait-il normalement? Saurait-il apprendre comme les autres? Dès qu'il regardait une page dans son livre de lecture, une douleur frappait la tête de l'enfant, comme un coup de marteau sur l'enclume. Odélie devait lui entourer la tête de pansements à l'eau froide. Le lendemain, à l'école, encore une fois, il ne saurait pas sa leçon. Pourrait-il jamais travailler comme un homme? Resterait-il à la charge de son père? Anatole ne serait pas toujours jeune... Cet enfant paralysé trouverait-il une femme qui voudrait d'un infirme? Pourrait-il se marier et faire des enfants à sa femme, comme doit le faire un Canadien français qui est un bon catholique? Odélie s'est tellement tourmentée. «Durant chaque jornée de ma vie, j'ai angoissié», m'a-t-elle dit. Tant de fois, à moi qui n'était qu'un enfant, elle a dévoilé ses peines. Pourquoi le bon Dieu lui imposait-Il tant de traverses?

Même son homme, avec ses bras musclés, avec ses jambes qui n'avaient pas besoin d'une échelle pour grimper sur le toit d'une maison quand il y avait un incendie, son homme fort qui travaillait des lueurs de l'aube jusqu'à l'obscurité du couchant, son homme qui allongeait un arbre avec moins de coups de hache que tout autre bûcheron, son homme qui tordait le fer, son homme vif qui attrapait des chevreuils dans la neige pour leur trancher la gorge, même Anatole n'avait pu échapper à la maladie. Cet hiver-là les branches tombaient des arbres, cassées par le gel. Anatole travaillait avec véhémence. Malgré le froid intense, il avait chaud. La sueur coulait dans son dos. Il retira son parka, puis son chandail. Finalement, il ne se trouva à son aise, en janvier, que lorsqu'il fut en chemise, comme en juillet. Le docteur a expliqué à Odélie ce qui était arrivé: la sueur dans le dos d'Anatole a tourné en glace. La pleurésie attendait ce moment-là. Elle s'est ruée sur lui. Odélie a cru qu'il allait mourir. Épuisée de nuiter, selon son terme, elle s'épouvantait: «J'ai vu cet homme-là, tout afeblé dans son lit, trembler comme une feuille et brailler comme une fille.» Qu'adviendrait-il de ses enfants, de la maison, de la terre? Anatole ne devait pas s'en aller. «Je voulais pas qu'i' espire. C'était un homme bon; i' avait un peu de grondillance, i' bourrassait de temps en temps, mais c'était pas un churelureux, ni un pintocheux, ni un chopineux; i' s'esbrivait pas la cervelle avec les jolivetés de la vie. I' allait certainement obtenir son admission au Ciel, mais nous autres, ceux qui allaient rester au bord, sur la terre, qu'est-ce qu'on allait devenir?» Odélie se préoccupait. Qui leur apporterait le pain sur la table? Qui couperait le bois pour le feu? Ses enfants seraient-ils privés d'un père qui les garderait dans le droit chemin? Elle avait remarqué que les orphelins sont les personnes les plus malheureuses sur la terre. Puis, une femme a besoin d'un homme! Odélie se berçait comme une femme qui ne fuirait pas son destin.

L'hiver, quand Anatole était au chantier forestier, Odélie s'occupait du cheval, des vaches, des cochons et des poules. Elle s'attardait à bien garnir l'auge de la vache «a n'a guère». Le labeur était éreintant, mais elle savait qu'à la fonte des neiges, son homme reviendrait. Rêver à Anatole lui donnait un peu plus de force. Elle avait compté deux cent dix-sept pas entre la maison et l'étable. Matin et soir, joug sur les épaules, Odélie transportait les sceaux d'eau et de bouette (autre beau vieux mot juteux): la pâtée pour les animaux. C'était lourd. La neige montait, plus haut que ses bottes, contre ses longs bas de laine. La tempête soufflait. Parfois, un rideau de neige cachait l'étable. Parfois Odélie s'écartait du sentier. Finalement rendue, elle trayait les vaches, écurait les stalles. Elle étendait de la paille sèche. Elle arrachait du fenil des fourchées de foin pour remplir les mangeoires. À la fin, elle accrochait à son joug les seaux de lait qu'elle transportait à la maison pour l'écrémer.

Toujours pesait sur elle une appréhension. Les enfants restés à la maison obéissaient-ils à l'aînée? Dans leur turbulence naturelle, les enfants pouvaient se brûler sur le poêle à bois, renverser la lampe à huile. Ces malheurs étaient déjà arrivés ailleurs. Une maison avait brûlé. Toute la famille était restée enfermée dans les flammes. Odélie se dépêchait. Ses animaux avaient besoin d'elle comme des enfants. Heureusement ils n'étaient pas toujours à se chicaner.

Sous la lumière pisseuse du fanal se faufilaient des ombres apeurantes. Odélie frissonnait. À la fin de l'hiver, Anatole regagnerait sa maison. Alors elle n'aurait plus peur. Il ne restait plus que quinze semaines à l'attendre, dix semaines, sept semaines, trois semaines avant le printemps, treize jours, six jours, deux jours... Odélie se berçait en pensant que, dans la vie, le printemps revient toujours.

C'était la vérité pour les autres hivers. Maintenant, cette fois, Anatole allait peut-être mourir. Cette pensée était une torture. Elle se souvenait, dans sa berceuse, des autres printemps. Elle le voyait revenir fourbu, barbu, bourru, heureux. Elle souriait à ce passé. Souvent, elle sanglotait aussi. Maintenant, il allait peut-être la quitter pour ne jamais revenir. Mais non. Comme il revenait à la fin des hivers, Anatole est revenu de sa maladie. Anatole s'était montré encore plus fort qu'elle pensait.

Quelle était la raison de toutes ces tourmentes? Un autre enfant a été pris de fièvre. Son petit corps est devenu mou comme du lait caillé. Ses cheveux tombaient. Allait-elle perdre celui-là aussi? Anatole n'aimait pas beaucoup les longues prières. C'était parler, et il n'aimait pas parler; même pas au bon Dieu. Cette fois-là, il est allé voir le curé. Il lui a promis de prier neuf jours de suite, chaque jour, agenouillé devant le grand crucifix dans l'église. Pendant neuf jours, Odélie a bercé cet enfant qui n'était ni mort ni vivant. Discrètement, elle a tiré du coffre de cèdre sa robe noire, sa robe de deuil, pour la pendre dans l'armoire. Miracle! Après le neuvième jour de prière d'Anatole, l'enfant a ouvert les yeux pour proclamer qu'il avait faim. Les cheveux ont repoussé sur son crâne chauve. Quand Odélie parlait de cet enfant, mon oncle, une ombre tombait sur son visage: c'était la tristesse d'un deuil qui n'avait pas eu lieu.

14

Il semble bien que les roses ne poussent pas dans cette terre-là

Pourquoi le bon Dieu infligeait-Il tant de tourments à des enfants? s'interrogeait Odélie. Quand on est si bon, se disait-elle, on ne fait pas souffrir les autres? La vie lui était un mystère épais comme une nuit d'aveugle. Et l'épidémie de la Grippe espagnole s'abattit sur le village. Il ne se passait pas une journée sans qu'on enterre quelques enfants au cimetière. Les parents prenaient leurs précautions: on n'attendait plus la mort de l'enfant pour venir demander à Anatole de construire son petit cercueil. Le pauvre homme ne fournissait pas à la tâche. Un autre fils d'Odélie, pendant sept jours et sept nuits, hurla comme si un sabot de cheval lui eût écrasé la tête. Le médecin diagnostiqua un abcès dans son oreille. Odélie se souvenait comme si la souffrance n'était pas terminée. Elle m'expliquait: «L'enfant pâtissait comme si rat lui avait grugé la cervelle.» C'est ainsi qu'elle m'a décrit sa souffrance; j'entends encore ses mots. Pour l'adoucir, elle soufflait son haleine dans son oreille, mais la torture était si aiguë que l'enfant ne se calmait pas. Il criait, dans ses pleurs, comme s'il avait injurié Dieu. Il criait comme si le Diable s'était logé dans sa poitrine. Jour et nuit, jour après jour, il subissait la torture mais, il ne s'affaiblissait pas. Celui-là était fort comme Anatole; celui-là, elle ne le perdrait pas... Après ce supplice, resterait-il encore de l'intelligence dans la tête de cet enfant? Sans arrêt elle le berça, et l'enfant ne s'endormait jamais. Si la douleur un jour s'épuisait, son cerveau serait-il semblable à un chou rongé par les vers? Odélie se berçait et ne comprenait pas cette vie que lui tissait le bon Dieu.

Tant d'épreuves... Tant d'angoisse... Tant de nuits blanches... Dans sa maison assiégée par la nuit, Odélie demandait au bon Dieu: «Pourquoi nous punissez-Vous?» Anatole et Odélie étaient de bons chrétiens, de bons Canadiens français. Ils ne buvaient pas d'alcool, excepté le verre de vin rouge du jour de l'An. La danse était interdite dans leur maison, et ils avaient toujours obéi à cette loi de l'évêque. Anatole ne blasphémait pas. Il ne faisait pas les doux yeux aux autres femmes, contrairement à certains voisins. Le bon Dieu avait châtié les incroyants et les pécheurs des Vieux Pays en leur envoyant la guerre. Pourquoi punissait-Il un homme et une femme qui obéissaient au prêtre et qui ne faisaient pas le mal? Pourquoi le bon Dieu martyrisait-Il des enfants innocents? Odélie n'a jamais compris Sa justice.

L'un après l'autre, elle a regardé ses enfants quitter la maison. Odélie se faisait encore du souci. Dans leurs collèges, étudiaient-ils suffisamment? Les examens seraient-ils trop difficiles? Ses enfants échoueraient-ils honteusement? Avaient-ils assez de chaussettes de laine? Avaient-ils des chemises propres, sans cerne au col? La nourriture du réfectoire était-elle abondante? Des adolescents qui grandissent trop vite ont des appétits de géants. Ses enfants étudiaient-ils avec un estomac rassasié?

Plus tard, d'autres préoccupations vinrent la harceler. Pourquoi son aîné avait-il décidé de quitter sa communauté des Petits Frères des écoles chrétiennes? Les Frères avaient remis à Odélie une image qu'elle me montra souvent. On y voyait, dans un bateau, les Petits Frères, en soutane noire, sur une mer démontée; un jet de lumière était projeté du ciel vers le bateau. Nul doute, les Petits Frères seraient sauvés du naufrage. Ils voguaient en chantant vers le Paradis tandis que ceux qui n'étaient pas des Petits Frères nageaient dans les eaux menacantes. Pourquoi son aîné avait-il déserté le bateau des Petits Frères? Pourquoi avait-il sauté dans les eaux en furie de la vie? Odélie ne comprenait pas. Son aîné avait-il été attiré dans la tempête par une femme? Désormais, il était condamné à gagner sa vie. Saurait-il trouver un emploi dans le monde terrestre, lui qui sortait d'une communauté céleste? Serait-il forcé de s'exiler si loin de la maison paternelle qu'elle ne le verrait plus? Odélie se tracassait.

Sa fille, l'institutrice, toute seule dans son école, à l'écart des voisins, en ces nuits d'hiver où le froid scie les clous dans les murs et le toit, se réveillerait-elle si l'incendie éclatait, pendant son sommeil, dans le long tuyau noir qui réchauffait son école? Elle était une bonne fille. En toute justice, le bon Dieu devait la protéger... «mais on comprend pas toujours la justice du bon Yeu». D'un autre côté, ce veuf à lunettes rondes a commencé à tourner autour de sa fille. «I' connaît ce que c'est qu'une créature, i'est déjà le père d'un garçon.» Un veuf ferait-il un bon mari? Il avait déjà «usé une femme»... (C'était mon futur père.)

Puis, enfin, du haut de son ciel, Dieu a appelé un des fils d'Odélie et d'Anatole pour devenir Son prêtre et Le servir: «Le bon Dieu devait nous aimer parce que, dans toute la paroisse, l'a choisi un de nos garçons, dans not' famille pour le changer en prêtre. Le bon Yeu est pas allé choisir dans une autre famille... I' était beau notre garçon: i' ressemblait ben plusse à ta Mémére qu'à ton Pépére. I' allait devenir un vrai beau petit prêtre. Les bonnes sœurs allaient avoir envie de se réveiller de bonne heure pour aller à sa sainte messe...»

Cependant ses maîtres, au Séminaire, lui reprochaient un grave défaut. Le futur prêtre ne deviendrait jamais un saint s'il manquait de patience. Qu'est-ce que l'impatience? Ce n'est rien d'autre qu'un manque de soumission. Odélie avait une explication: «En dessous de sa soutane, mon petit prêtre avait le sang trop fort. I' tenait ça de son pére.» Ses maîtres lui conseillèrent certains exercices pour améliorer sa patience. Son directeur spirituel lui expliqua: «La vertu, c'est comme un sport. Cela s'apprend. Mais il faut de la pratique.»

«Cet été-là, racontait Odélie, mon petit prêtre était déjà ensoutané. Avant que le gouvernement modernise la rue, on avait deux peupliers debout devant la maison. Mon petit prêtre avait installé un fil de fer, comme une corde à linge, entre les deux peupliers. Il essayait de rester debout sur le fil comme un oiseau sur la ligne du téléphone.

«Sur le fil de fer, y avait ben de la houle. Mon petit prêtre s'emberloquait à rester perché. Pour ça, i' fallait qu'i' se trémousse. Dans sa soutane, i' ressemblait à une poule noire qui aurait une guêpe au trou de balle, ah! ah! ah!... Une bonne chrétienne devrait pas débagouler des drôleries au sujet d'un prêtre, mais celui-là, j'y ai torché les fesses; ça fait que j'ai le droit de faire des farces. Des fois, mon petit prêtre s'éjarrait, ah! ah! ah! Si i' devient un saint, je pourrai dire au moins que dans ma vie, j'aurai vu des saintes fesses de saint, ah! ah! ah!... J'ai pas tripoté l'Évangile comme mon petit prêtre pour savoir ce qui est enseigné su' la question, mais si i' faut marcher sus un fil de fer pour aller au Paradis, moé je prophétise qu'i' va y arriver là plusse de corneilles que de monde sans plumes.

«Quand i'pratiquait sa patience sur le fil de fer, y avait sur le balcon des voisins une belle grand' fille qui se pratiquait à faire ses doux yeux. C'était une belle fille. Une belle estomac. Pleine de bon sens pour une belle fille. Ça nous aurait fait une belle bru. Une bonne femme à un garçon. Mais un prêtre a pas besoin d'une créature. Un prêtre se tient occupé avec le bon Yieu. La belle fille faisait semblant de lire dans son livre de messe, mais elle était pas ben ben intéressée par les prières. Ses grands yeux espinochaient mon petit prêtre comme un dessert. Je l'avais surpris, lui itou, à regarder la belle voisine comme un homme qui pense regarde une femme. Elle le dévorait comme une femme qui pense regarde un homme. J'ai crié: Au secours, mon doux Jésus! Même avec une soutane su' le dos, un jeune homme est un jeune homme; c'est bourré de tourmente. Mon petit prêtre suivait le chemin tracé par le bon Yieu. Allait-il s'écarter à cause d'une fille? Je me préoccupais. Je disais rien, mais je me mordais les doigts. Ben des fois, quand quelqu'un ouvrait la porte, je pensais que c'était notre petit prêtre qui nous revenait, habillé en civil, avec sa soutane dans sa valise. J'ai veillé ben des nuittes blanches à me rouler sans dormir, à supplier le bon Yieu d'envoyer un prétendant à la belle enfant du voisin pour sauver notre petit prêtre.»

Le temps a passé. Le puits aux inquiétudes ne s'est jamais tari. Le dernier fils d'Odélie, mon oncle le plus jeune, est devenu amoureux. Sa fiancée était «ben chaleureuse, ben frôleuse...» Odélie, durant des nuits, sans sommeil, priait le bon Dieu de la préserver de la honte de voir cette belle grande bru avec un ventre ballonné sous sa robe de mariée... Et sans cesse, elle se tracassait pour cet autre gendre. Tout ce que je savais, c'est qu'il aimait beaucoup sa femme, ma tante. J'avais entendu, dans ma famille, qu'on ne voit pas souvent un amour semblable... «Être trop aimée, mon garçon, me dit-elle, c'est la même chose qu'être haïe.»

Son fils, qui avait souffert de la paralysie infantile, voulut quitter le village pour la grand'ville. Odélie me racontait: «Que je me sus désâmée de malaisance! Celui-là, i' aimait les filles comme s'i' avait pas été paralysé. On aurait dit que toute la grouillure de sa moitié paralysée s'était fait un refuge dans son oisillon. Dès que ce garçon-là sentait approcher l'odeur d'une créature, son oisillon montait su' ses ergots pour chanter cocorico! Dans les villes, y a des filles qui louent leu' dessours de jupe comme un soubassement d'église pour une partie de youcœur. Avec leu' commerce ouvert à tous les vents, ces filles-là ont plus de microbes dans la barbichette que tout un hôpital. Vingt fois par nuitte, moé, la mére de mon garçon, je me réveillais en pensant qu'un bon jour, celui-là allait nous revenir de la grand'ville avec un boursouflement à l'entrejambe aussi gros qu'un chou-fleur. Ça aurait pas été un honneur pour la famille. Si i' avait fait le péché, celui-là, aurait ben mérité tous les pincements de sa doléance. Mais moé, sa mére, pour sortir dehors, devant le monde au village ou ben pour aller prier l' bon Yeu à l'église, j'aurais dû se cacher la face, baissé le r'bord de mon chapeau ben bas su' mes yeux...»

Odélie se berçait en pensant qu'elle ne comprendrait jamais la vie: «Trou du cul d'un ver à pattes!»

15

Le passé peut-il donner le goût de l'avenir?

La vie d'Odélie n'a pas été très joyeuse. Est-ce que ça vaut la peine de vivre une existence semblable? Pour moi, la vie est certainement plus intéressante que la mort. Le néant est un lieu bien moins excitant que notre planète... Est-ce que j'ai exagéré la misère de mes grands-parents? Parfois, c'est mentir un peu que de dire la vérité. Ils ont vécu tellement de misères... Malgré toutes les épreuves, Odélie a vécu jusqu'à l'âge de 76 ans. Anatole n'a pas déserté le bateau avant d'avoir dépassé 90 ans. Comme dit la rengaine, il faut mordre dans le fruit de la vie! Celui d'Odélie et d'Anatole était amer, mais ils y ont mordu à pleines dents.

Et moi, je contemple tous ces souvenirs. Comment ai-pu en amasser autant? J'étais un enfant curieux. J'observais. J'écoutais. Je réfléchissais. Je rêvais. Un enfant voit tout. Un enfant n'oublie rien. Odélie relatait les épisodes de sa vie. Anatole parlait peu; elle narrait la sienne aussi. Notre maison était presque collée à celle d'Odélie. J'allais me réfugier chez elle cinq fois par jour. Et plus... Naturellement, à cause de sa famille nombreuse, elle était toujours occupée à quelque tâche ménagère. Chaque fois qu'elle m'apercevait le bout du nez, elle prenait le temps de s'asseoir dans sa berceuse pour converser avec moi. Même si j'arrivais chez elle pour la dixième fois dans la journée, elle se montrait surprise de m'apercevoir dans la porte: «Bon yenne! Dites-moé pas qu'on a de la belle visite aujourd'hui!» Croyez-le ou non, je la sentais toujours heureuse de me voir!

Vous supposez déjà que je devais quelquefois la déranger. Vous avez raison. Je la dérangeais toujours. Aujourdhui, je le sais. À cette époque-là, je ne m'en doutais même pas. Un enfant ne sait pas qu'il dérange. Un adulte ne devrait jamais être dérangé par un enfant. Si un enfant comprend qu'il dérange les adultes, c'est qu'il sait quelque chose qu'il n'aurait pas dû apprendre. Le jour où un enfant s'aperçoit qu'il dérange les adultes, il n'est plus un enfant. C'est un monde bien sinistre que celui où les enfants doivent s'excuser de déranger les adultes. La raison d'être des enfants n'est-elle pas de déranger le monde entier! Plus ils dérangeront, meilleure sera la vie! L'avenir n'a-t-il pas pour seule raison d'être de troubler le présent?

Odélie n'avait pas assez d'heures dans sa journée pour tout faire ce qu'elle avait à faire. Elle se dépêchait de cuisiner, d'épousseter, de nettoyer, de laver le plancher, de repriser, de faire la lessive, de sarcler les mauvaises herbes du jardin potager, de cirer le prélart... (Les gens distingués s'efforcent de prononcer: linoléum. «Prélart» était pourtant un beau mot emprunté au vocabulaire de la marine pour baptiser ce nouveau produit qui envahissait alors les cuisines.) Cirer le prélart: cela se faisait tous les samedis: à genoux.

Quand j'arrivais chez elle, ce qu'il y avait de plus urgent, c'était ma vie: la dictée à l'école, l'histoire du Canada, le calcul, le catéchisme, la partie de hockey ou de baseball, mes frères, ma sœur, comment on s'entendait, comment on se chicanait, mes pêches, mes chasses. Elle me faisait tout raconter. Moi, ce qui m'intéressait, c'était l'histoire de son temps.

Odélie regagnait sa berceuse pour reprendre, par exemple, le récit de ses études. Ça m'amusait beaucoup. Elle n'avait fréquenté l'école qu'une seule journée, m'assurait-elle: «Après une seule journée d'école, j'étais tout escolée.» J'étais incrédule: «Mémére, vous saviez tout ce qu'il faut, après une seule journée à l'école? Ensuite, les vacances ont-elles duré le reste de l'année?» Même si j'aimais l'école, j'enviais son privilège. «Mais non! Qu'est-ce que des vacances? J'avais à la maison beaucoup de frères et de sœurs qui grouillaient de tout bord, de tout côté. Ma pauvre sainte mére avait besoin d'aide.» Donc, Odélie ne s'était présentée à l'école qu'une seule journée. Durant cette unique journée, elle avait appris à lire, à écrire, à compter, à dessiner; elle avait mémorisé les questions et les réponses du petit catéchisme, la liste des gouverneurs de la Nouvelle-France et le nom des capitales des pays du monde entier. «Mémére, vous avez appris toute la connaissance pendant une seule journée d'école!» Je m'étonnais. «Oui, tout ce qu'i' faut savoir, je l'ai appris rien que dans une seule journée de classe. Le lendemain, i' était trop tard: l'école était finie. Mémére écoutait chaque mot dans la bouche de la maîtresse. I' fallait que mon ciboulot encorse toute la science qui passait par là. Le jour d'après, je pouvais pas retourner à l'école. J'étais embesognée à la maison.»

Le lendemain, moi, j'étais à l'école. Mon avidité d'apprendre impatientait l'institutrice. À l'exemple de ma grand-mère, je voulais, en une seule journée, absorber tout ce qu'il y avait à connaître, à apprendre, à comprendre.

D'autres fois, Odélie répétait le conte de la mystérieuse aventure de l'oncle José à Cuba. J'avais hâte d'être grand pour partir comme lui sur un bateau vers une île où poussaient des bananes. Si elle ressassait ses souvenirs de Marie-Anna, dans le temps où elle était petite, je jubilais. Il me paraissait incongru que ma mère ait été une enfant. Ou bien, pour la cent et unième fois, elle racontait son voyage, dans une voiture tirée par un cheval, quand elle avait abandonné la maison de son père pour venir vivre dans la maison d'Anatole: «I' fallait six, sept heures pour aller, entre les fusts, d'un village à l'autre. Y avait plusieurs villages à traverser. Dire que, dans son automobile, ton pére galope à trente milles à l'heure, la bride su' le cou!» Parfois elle s'extasiait sur la beauté d'Anatole «quand i' était encore un bel homme à reluquer.» Chaque fois, je riais à m'étouffer. Pépére Anatole était le plus fort de tous les grands-pères mais il n'était pas beau. Sa barbe était rude. Quand il me prenait dans ses bras pour que je l'aide à activer le soufflet de sa forge, sa barbe me piquait les joues. Odélie insistait: Anatole avait de beaux cheveux noirs luisants comme des bottines cirées. Je riais encore plus! Sous sa casquette, il n'avait presque pas de cheveux, et ils étaient gris. Elle ajoutait: «Les lettres qu'i' m'écrivait étaient si belles que j'avais l'en-dedans tout chamboulé.» Je me tordais! Mon grand-père battait le fer rouge avec une masse si pesante que mes deux mains ne pouvaient même pas la bouger; il m'était impossible d'imaginer que cette main puissante, toute salie par le charbon, puisse tenir une plume fine et tracer des lettres bouclées sur du papier blanc.

Aves ses mots démodés, ma grand-mère me donnait envie de vivre mais, dans mes livres, j'avais déjà commencé à me douter que la vie était beaucoup plus grande que ses histoires. Aujourd'hui, je conclus, que par les récits de son petit monde, Odélie m'a donné envie de découvrir le plus vaste monde. Impatient de grandir pour être libre, c'est d'abord dans sa berceuse, avec elle, que j'ai voyagé.

16

De la laine à tricoter le temps

Si elle était pauvre, elle avait toujours du temps à me donner, Odélie. Le temps était pour elle comme une inépuisable jarre à biscuits. Elle était généreuse. Et j'étais insatiable. Je voulais vivre. J'avais faim. Petite bête sauvage, je dévorais tout sur mon sentier. Pour moi, Odélie était prodigue de son temps comme si elle avait été la bergère de l'éternité. Par quel moyen pouvait-elle accorder tant d'attention à ma curiosité?

Voilà un savoir-faire qu'elle ne m'a pas transmis. Dans mon héritage, je n'ai pas trouvé non plus un trésor de temps à dilapider. Ma jarre à biscuits ne semble contenir que des miettes. Elles me sont plus précieuses que de la poussière de diamant. Je suis devenu avaricieux. C'est ma seule fortune. Je l'enferme dans un coffre-fort. Trop souvent, je sens qu'on m'en dépouille.

Le temps passe au-dessus de la Terre comme un avion trop rapide: voilà ma sensation. Souvent, il me semble que je ne suis pas à bord. Pourquoi n'ai-je pas appris d'Odélie à retenir le temps, à le dompter? Pourquoi n'ai-je pas appris d'Odélie à donner mon temps comme si c'était moi qui le façonnais?

Depuis le poète Villon, le temps a la mauvaise réputation de s'évader à la manière du vent. Par quelle astuce Odélie le faisait-il s'attarder autour de sa berceuse? Lui appliquait-elle une douce caresse dans les cheveux pour le retenir un instant? Le faisait-elle ralentir un peu avec l'entourloupette d'une histoire de ses années anciennes? Lui fredonnait-elle une chanson pour l'endormir?

Déjà, je suis devenu aussi vieux que ma grand-mère. À peine né, je m'étonne. Je regarde à la ronde. Je ne me rappelle pas d'où je viens. J'examine le lieu où je suis rendu. Je scrute l'horizon devant. Aurais-je traversé plusieurs siècles? Mes grands-parents défrichaient leur lopin de terre ingrate, dans le comté de Dorchester; mes petits-enfants coloniseront la Lune. D'autre part, il me semble que si peu de temps m'a été octroyé. Je n'ai eu du temps pour rien.

Ma mère, Marie-Anna aurait aimé voyager. Odélie avait des nièces, des cousines éparpillées sur le territoire des États-Unis. De temps à autre, elle recevait une lettre de l'une d'elles. Aucune n'oubliait le pays. Après la mort d'Odélie, Marie-Anna a poursuivi la correspondance. La génération suivante, j'imagine, prenait la relève. Après avoir lu, Marie-Anna glissait la lettre dans l'enveloppe et, comme si elle était revenue de voyage la veille, elle racontait les événements dans la famille de telle ou telle cousine, décrivait sa belle ferme «sur une terre sans roches»; ou son appartement avec des fenêtres petites «mais avec de beaux rideaux» dans un gros édifice en ville; ou son usine «avec plus de mille deux cents machines». Pourtant elle ne leur a jamais rendu visite. Elle aurait tant désiré sortir de son village, ma mère.

Pourquoi n'ai-je pas trouvé le temps d'être l'émule de William Saroyan, un écrivain américain qui avait le culte de sa famille arménienne? Un jour, il a acheté une antique, une imposante Lincoln '41 pour emmener avec lui en promenade, à travers les États-Unis, quelques dignitaires de sa famille. Comme lui, j'aurais pu conduire ma mère, d'une cousine à l'autre, d'un état à l'autre. Dans mon carosse, assise comme la reine d'Angleterre sur le fauteuil arrière, Marie-Anna aurait salué de la main toutes les mères qui n'avaient pas, comme elle, la chance d'avoir un fils qui avait du temps à donner pour visiter les cousines expatriées.

Je n'ai pas eu le temps d'entreprendre cette expédition. Je n'en aurai jamais plus le temps. Longtemps Marie-Anna m'a attendu. Puis, elle a dû quitter pour un autre voyage. Elle n'en reviendra pas. Quelqu'un d'autre que moi a acheté un imposant carosse démodé.

Souvent Odélie travaillait à son rouet posé devant sa berceuse immobilisée. Je croyais qu'elle préparait sa laine pour la tricoter. Entre ses doigts raidis par le rhumatisme, c'était peut-être du temps qu'elle filait.

Odélie, pourquoi ne m'avez-vous pas révélé le secret de votre magie? Connaissiez-vous une recette pour faire pousser du temps?

17

Discours sur le cercle, le demi-cercle et la ligne droite

Avais-je neuf ans, dix ans? Tout à coup, on a évalué que je grandissais plus vite que les autres et on m'en a convaincu. À la même période, toutes sortes de questions effrénées tournoyaient dans ma tête et en débordaient.

Si le bon Dieu est aussi bon qu'on le dit, pourquoi a-t-Il inventé l'Enfer? Au lieu de naître jeunes pour ensuite devenir vieux et décrépits, pourquoi est-ce qu'on ne vient pas au monde vieux pour rajeunir durant le reste de la vie? Qu'est-ce qu'un bon chrétien va faire, au ciel, pour ne pas s'ennuyer à ne rien faire, pendant toute l'éternité? Pourquoi les étoiles du firmament ne tombent-elles pas? À quoi sont-elles accrochées? Les Australiens, qui vivent la tête en bas, sur le dessous du globe terrestre, seraient-ils capables de vivre debout, la tête en haut, s'ils venaient au Canada? Pourquoi le bon Dieu ne nous a-t-Il pas équipé d'une paire d'ailes s'Il nous a installé l'envie de nous envoler dans les airs comme Superman? Où est-ce que j'étais avant d'être dans le ventre de ma mère? Est-ce qu'on s'en aperçoit quand on est devenu vieux comme les vieilles personnes qui s'essoufflent en grimpant la colline? Est-ce que les bosses des filles leur font mal quand elles poussent? Poussent-elles toujours au bon endroit? Qu'est-ce qui fait qu'elles ne poussent pas ailleurs? Qu'est ce qui peint les couleurs sur les choses? Contrairement à nous, le bon Dieu comprend-Il le mystère catholique d'un seul Dieu en trois personnes? La Lune est là, en haut, si proche qu'on peut la reluquer plus aisément que le village voisin; pourquoi est-ce qu'il est impossible de s'y rendre?

Chargée de toutes ces questions et de plusieurs autres, ma tête pesait sur mes épaules. Rempli de mystère, l'inconnu est devenu pesant. À cause de tout ce que je ne comprenais pas, je me sentais chétif, ignorant devant cet univers trop grand pour moi. Je me tenais rabougri sous un ciel plus profond que la mer. La vie sur mes épaules avait le poids d'un sac de pommes de terre. Mon corps ployait sous le fardeau. Odélie n'aimait pas me voir, si jeune, accablé du poids du monde. Elle tenait à ce que son petit homme pousse «drette comme un bouleau drette».

Ce jour-là, comme tous les autres jours, après l'école, j'ai jeté mon cartable, livres et cahiers à la maison et, sans répondre à la voix de notre mère, je me suis précipité chez ma grand-mère. Elle était assise dans sa berceuse, selon l'habitude, mais j'ai remarqué qu'elle ne bougeait pas. Elle avait interrompu son bercement. Je savais qu'elle avait pensé à quelque chose. Chaque fois, cette immobilité précédait une déclaration importante: «Te rappellerais-tu de l'histoire de Roland Ti-Proutte Laroulette?» m'a-t-elle demandé.

– Non.

«C'est probablement que je te l'ai pas rapportée... Je vas te la déclamer drette-là... Je vas t'annoncer d'abord que Roland Ti-Proutte Laroulette, i' était comme toé: toujours le premier, toutes les fois à r'soudre à l'école.»

– Mémére, tu peux pas savoir qui se montrait le premier à l'école; tu y es allée une seule journée!

«Roland Ti-Proutte Laroulette, i' était à l'école cette journée-là... La maîtresse lui a faite une leçon: «Roland Ti-Proutte Laroulette, quiens toé drette! Pourquoi faut-i' qu'à tous les jours je te répète de te quenir drette? Roland Ti-Proutte Laroulette, t'es pas faite en guenille! T'es plein de jarnigoine. Quiens toé donc drette!» C'est ce qu'elle lui répétait, la maîtresse, mais Roland Ti-Proutte Laroulette avait l'air d'avoir les oreilles calfatées de cire. Mais i' écoutait pas.

«Un jour, après l'école, sa mémére a décidé de lui parler: «Erlève la tête, qu'elle lui a dit, pompe-toé l'estomac, envoye tes épaules en arrière; autrement tu penches par en avant. Si tu continues de pencher par en avant, tu vas devenir le dos si crochu que tu vas cirer tes bottes avec la morve de ton nez. Roland Ti-Proutte Laroulette, dans la vie, le devoir d'un homme c'est de se quenir drette, drette.

«C'est exactement comme ça qu'elle lui a parlé, à Roland Ti-Proutte Laroulette, sa mémére. Elle était pas ben ben instruite, sa mémére, mais elle était ben moins ignorante que ben des personnes ben ben instruites. Mon garçon, sais-tu que si nos soldats s'étaient pas quenu le corps drette, Hitler aurait gagné sa guerre?

«Mon Roland Ti-Proutte Laroulette a décidé dans sa tête qu'i' écouterait pas le prêchage de sa mémére. I' a fait semblant d'avoir les oreilles calfatées de cire. I' a décidé de garder son dos rond comme un barçeau de ma chaise... Tu sais pas ce qui est advenu? Tu serais pas capable de deviner.

«J'ai revu queuques années plus tard mon Roland Ti-Proutte Laroulette. Sa mémére l'avait grondillié pour rien. J'en creyais pas les yeux que le bon Yieu m'a donnés. Roland Ti-Proutte Laroulette avait le dos tellement crochu, i' était tellement penché par en avant que son nez touchait ses pieds. Au lieurre de marcher comme le monde, Roland Ti-Proutte Laroulette tournerondait comme une roue de waguinne...

« Ça l'a pas empêché de trouver à se marier. Chaque torchon trouve sa guenille. Me crérais-tu, mon garçon, si je te disais qu'i' a ramassé une belle fille drette comme un piquette? Non, i' faudrait pas que tu me creyes. I' a pêché une grigousse qui avait le dos si crochu qu'elle avait le nez pris entre le gros torteil et l'autre torteil qui a pas de nom. Elle itou tournerondait comme une roue de waguinne.

« Chaque année, Roland Ti-Proutte Laroulette et sa Rolande Tite-Proutte Laroulette sont allés faire baptêmer leu' nouvel enfant tout neu'. Me crérais-tu, mon garçon, si je te disais que leu' zenfants se tenaient le corps drette comme des soldats? Non, i' faudrait pas que tu me creyes. La vérité, c'est que leu' vingt et un zenfants, l'un darrière l'autre, tournerondaient comme des petites roues de waguinne... Mon garçon, c'est ça le sort de Roland Ti-Proutte Laroulette qui a pas écouté sa mémére quand elle y disait de se quenir le corps drette. »

Son récit terminé, Odélie recommença à se bercer. Elle me paraissait flotter sur les vagues du temps. Moi, retournant à la maison, je marchais droit comme un brave petit soldat qui ne craignait aucune guerre, décidé à ne jamais laisser les soucis courber mon corps.

18

Il est important de devenir un ancêtre, mais Socrate a-t-il eu des enfants?

Cette nuit, je remmaille ma mémoire... Vous m'écoutez encore? Je ne voudrais pas vous ennuyer. À moi, toute vie est intéressante, même la mienne. Quant à Odélie, sa berceuse n'était pas une chaise ordinaire. Et l'on sait que l'ordinaire est déjà si peu ordinaire! Il y a un autre souvenir que j'aimerais enfiler parmi ces confidences.

Un jour, j'ai trouvé un harmonica tombé sur le trottoir. Dans ce temps-là, les jeunes hommes aimaient être bien peignés. Ils avaient souvent, dans la poche arrière du pantalon de leurs grandes sorties, un peigne. Parce qu'ils aimaient séduire les filles, ils avaient aussi un harmonica. Triomphant comme si j'avais découvert la corde à faire tourner le vent, je me suis amené avec l'instrument chez Odélie. Elle l'a précautionneusement nettoyé avec de l'alcool à friction, puis, assise dans sa berceuse, elle en a joué à mon plus grand émerveillement. La musique d'Odélie roulait, dansait, gigotait, trépignait comme celle que j'avais entendue dans les soirées. Ses talons scandaient le rythme. Même le plancher faisait de la musique... Moi, je n'ai jamais réussi à tirer de l'harmonica que des criaillement de souris... Elle a chanté aussi, dialoguant avec l'harmonica...

Est-ce que je vous ai dit? Odélie ne chantait que des fragments de chansons. Est-ce que je me rappelle bien? Oui. J'en suis sûr: je n'ai jamais entendu la voix chaude d'Odélie déployer une chanson complète, jusqu'au dernier couplet. Elle ne connaissait que des bribes, des restes de chansons. Est-ce que la mémoire de la Vieille France s'étiolait? Les tracas quotidiens auraient-ils rongé sa musique? Comme celle de leurs ancêtres, la vie d'Odélie et d'Anatole était un servage constant. À la fin de la journée, ils étaient épuisés comme de pauvres bêtes. Peut-être n'avaient-ils plus de souffle pour la musique.

Aussi, il y avait ces hivers qui semblaient éternels. Dans sa berceuse, Odélie égrenait les heures d'attente quand Anatole était au loin. Les mœurs d'alors étaient strictes pour une femme mariée. Odélie ne pouvait pas quitter sa maison. Elle ne devait même pas oser rêver de s'amuser avec les familles où l'on chantait et faisait de la musique. À la suite de toutes ses nuits sans sommeil qu'elle a regardées pâlir en espérant le jour, avait-elle le cœur à chantonner? Durant ses interminables nuits, l'inquiétude, la peur ont érodé les chansons. Le temps s'est envolé avec leur musique. Il ne restait que le silence. C'est ce qui a été transmis à ses enfants et à ses petits-enfants... Je voudrais avoir hérité de sa musique. Je me sens comme si on me l'avait volée... Mais je vous l'assure: je ne reproche rien à Odélie. On n'a pas le droit de reprocher quoi que ce soit à des gens qui ont vécu comme elle a vécu.

Quelle vie ont eue mes aïeux! D'abord la France, poudrée et en dentelles, avait peu d'estime pour les rudes colons à l'odeur de gomme d'épinettes qui s'acharnaient à survivre parmi les Sauvages, sur les glaces du fleuve Saint-Laurent. Ensuite, l'Angleterre a conquis ce territoire que les Français avaient pris aux indigènes. Aussitôt les prêtres encouragèrent les colons à obéir aux nouveaux maîtres, promettant le Paradis si leur vie avait été remplie de souffrances. Ceux qui ne souffraient pas, les riches, assuraient les prêtres, n'y seraient jamais admis «car il est plus difficile à un riche d'entrer dans le Royaume des cieux qu'à un chameau de passer par le chas d'une aiguille.» L'ignorance était épaisse. Si vous n'étiez pas né dans la classe privilégiée, vous étiez une bête de somme. Un cheval a-t-il besoin de savoir lire? Qu'il tire son tombereau et qu'il ne réclame pas trop d'avoine! Que la vache donne son lait sans attendre trop de fourrage! Que le bûcheron abatte ses arbres sans exiger trop de salaire! Que la femme cuise le pain, raccommode les chaussettes et lessive les draps sans trop bêler!

La lignée de mes ancêtres avaient les mêmes droits que les bêtes de somme. Les bêtes étaient cependant nourries. Les monarques, tant de la France que de l'Angleterre, démontraient plus de sympathie pour les bêtes qui ne parlaient pas. Depuis longtemps, je scrute l'histoire; j'y vois peu de volonté de traiter ces paysans comme des personnes humaines. L'Église? Elle leur prêchait la soumission. Condamnés à leur naissance, mes ancêtres devaient souffrir les conséquences du péché originel de leurs parents, Adam et Ève. Au moins, enseignées par les prêtres, ces bonnes gens pouvaient se consoler à la pensée que, contrairement aux animaux, elles avaient une âme.

Paisibles. Rebelles. Courroucés. Rêveurs d'immensité. Braves. Timides. Essentiellement pratiques. Forts... Voilà comment ils étaient, mes ancêtres! Ils ont quitté leur pays, la France, qui leur était une patrie inhospitalière. Pauvres. Sans terre. Sans passé. Sans présent. Sans avenir. Terriens qui avaient vécu dans la boue des champs et des forêts, ils se sont, pour leur fugue, embarqués sur l'eau vers des horizons inconnus. Misérables. Affamés. Pour se révolter, ils n'ont pas attendu qu'une princesse leur conseille de manger de la galette s'ils n'avaient plus de pain. Mes ancêtres sont partis conquérir, au Canada, une vie différente.

Arrivés sur les rivages farouches du fleuve Saint-Laurent, ils ont appris à chasser l'ours, le chevreuil, le loup, le castor, le phoque. Mes ancêtres tuaient mais ils avaient une excuse. Ils la confiaient au gibier avant de faire feu: les enfants de mes ancêtres avaient plus faim, ils avaient plus froid que les petits de leurs victimes.

Odélie et Anatole descendaient de cet humble «parentage». À l'égard de tous ceux-là, je professe un respect astronomique! De leur infortune, je tire mes titres de noblesse. Cependant, nommez-moi des chefs politiques ou religieux, des sorciers de ces époques de misère, et je vais trouver cent raisons de les injurier. Ils méritent chacune de mes insultes. Ils sont tous coupables... Oui, j'exagère. Je parle trop.

J'en conviens: j'ai perdu mon sens de l'humour... Je ne devrais pas. Quand je constate ce que, dans nos cantons, on croit être de l'humour, je suis fier d'en être dépourvu! Devant toute cette détresse infligée à de bonnes gens, y a-t-il de la place pour un sentiment autre que la colère? J'ai toujours vu Odélie et Anatole avec des cheveux blancs. Je comprends maintenant pourquoi leurs cheveux ont blanchi prématurément. Trou du cul d'un ver à pattes!

Je vous souhaite une grand-mère comme Odélie. S'en fait-il encore comme elle? Quand sa berceuse oscillait vers l'arrière, ses deux jambes se dressaient avec une insolence comique, une indignité joyeuse qui laissait parfois apercevoir la très longue culotte sous la longue robe. Aucune autre grand-mère n'aurait osé se bercer avec cette désinvolture. Aucune autre grand-mère ne savait, comme la nôtre, taper des talons pour rythmer une musique qui venait du passé comme une échourie. Ma grand-mère était gaie, drôle, amusante; les grands-mères de mes amis étaient sévères, irritables, de mauvaise humeur... Cela mérite un petit coup de rouge! – *Salud!*

Maintenant, une grande question: qu'est-ce que je vais faire de la berceuse d'Odélie, à l'entrepôt? Je ne peux pas la prendre dans ma petite maison. Ma fille, à Londres, aimerait bien l'avoir. Son appartement est meublé en style victorien. La berceuse de campagne déparerait l'harmonie. Il est vrai,

Odélie et Anatole ont vécu sous le règne de la reine Victoria... Je ne sais pas... Ma fille n'habite pas encore Buckingham Palace. Son appartement n'est pas si vaste. Les bascules de la berceuse sont très longues: elles demandent de l'espace, beaucoup d'espace. Si je l'expédie au Royaume-Uni, elle pourrait arriver disloquée. Les préposés aux colis ne sont guère délicats... La berceuse est très rustique. Anatole a fait une œuvre d'amour, bien sûr, mais il était plus un bûcheron qu'un ébéniste. On distingue les coups de sa vastringue. Le travail est brut. Les montants sont «écrianchés». Ce mot d'Odélie signifie que son mari n'avait pas le compas dans l'œil! À part ça, les planches du siège sont rudes. Les clous ne sont pas alignés. L'assemblage est maladroit. C'est vraiment une chaise de pauvre...

Je veux la garder pour moi. Ses imperfections dont je me plains sont plus belles que la perfection. C'est vrai. La berceuse est la seule chose qu'il me reste de mon ancêtre... Il me reste aussi la langue française.

L'histoire d'Odélie et d'Anatole est mon épopée. Mon ancêtre n'est pas Homère, ni Shakespeare, ni Alexandre le Grand, ni Henry Ford, ni Mahomet, ni Socrate... Ce philosophe a-t-il eu des enfants? Je ne sais pas. Oh! je me souviens, Platon en parle. Socrate était aussi un père. S'il n'avait pas eu d'enfants, il n'aurait jamais appris la sagesse... Quant à Anatole, il n'a pas conquis le monde mais il a bâti une berceuse pour Odélie, la jeune femme qu'il aimait... Leur grande aventure fut de traverser leur vie...

Si je ne suis pas satisfait de mes ancêtres, je n'ai qu'à devenir moi-même un grand ancêtre: un Homère, un Shakespeare, un Alexandre le Grand... Je n'ai qu'à devenir un ancêtre dont mes descendants seront fiers! C'est simple. Si je ne suis pas satisfait de mon passé, je n'ai qu'à conquérir mon présent! Si je ne suis pas content de mon père, que je devienne content de moi-même. Le père de Mozart n'était pas Mozart! L'histoire d'Odélie et d'Anatole est mon histoire, et je n'ai que celle-là!.. Voilà pourquoi elle est belle!

19

À quoi sert une caméra qui vous rend invisible?

Cette fois-là, c'était une journée de gros chagrin comme on dit: un jour de grosse pluie. Notre mère n'avait pas beaucoup de temps pour nos peines, tandis que ma grand-mère...

Quelques jours plus tôt, un artiste était venu d'aussi loin que la ville de Québec tout exprès pour prendre une photographie des élèves et des religieuses devant notre école. On a construit un échafaudage en forme d'escalier. Il nous a installés par ordre de taille. Si une tête dépassait, il expédiait le coupable parmi les plus grands ou bien il le condamnait à descendre d'une marche. Sa voix fluette claquait comme des coups de fouet. Si un visage était caché par une tête, il faisait remonter d'une marche le plus court. L'artiste s'impatientait. Il aurait voulu qu'on soit tous de la même hauteur. Les religieuses étaient assises sur une chaise, en première rangée, de chaque côté de la mère supérieure.

Placer tout le monde a exigé beaucoup de temps. Une fois placés par l'artiste, c'était pour l'éternité. Ils n'avaient plus le droit de bouger. Ils devaient rester là, figés. Plusieurs élèves ne comprenaient pas ça. Ils se bousculaient, se chamaillaient. Certains ne voulaient pas se tenir à côté d'une fille. D'autres refusaient d'apparaître sur la photographie à coté de quelqu'un qu'ils détestaient. D'autres se colletaient pour le plaisir de conquérir une place différente. Des filles pleurnichaient parce qu'on leur tirait les tresses.

Une vingtaine de fois, l'artiste est rentré sous le voile noir de la caméra. Dans ce temps-là, les caméras portaient des voiles comme les nonnes. Il vérifiait si sa lentille pouvait apercevoir tous les visages; il s'assurait qu'aucune tête ne cache un seul visage, qu'aucun visage ne dépasse le cadre de la photographie. Chaque fois, quelques têtes étaient dissimulées derrière d'autres. On avait donc bougé. On avait désobéi à l'artiste. Tout devait être recommencé. Les élèves s'impatientaient. On voulait descendre de la photographie au plus vite et aller jouer. L'artiste est même allé chuchoter dans le voile de la Mère Supérieure. En respect pour son art, elle lui a accordé la permission spéciale d'allonger la récréation. Ainsi, il aurait le temps d'insérer toutes nos faces dans la photographie. Au fond, on était tous impressionnés. C'était un authentique artiste, avec un mouchoir rose noué autour de son cou. C'était le premier qu'on apercevait dans nos parages.

Finalement, on était casés comme des flacons de pilules sur les tablettes d'une pharmacie. Il a ordonné de ne plus bouger: «Faites comme si vous étiez en bois!» Aussitôt qu'on a entendu ça, tout le monde s'est senti le corps couvert par des petites pattes grouillantes de «frémilles». L'artiste a dû demander à la Mère Supérieure de nous ordonner d'arrêter de gigoter.

Ensuite, il a nous expliqué que la lentille de sa caméra était comme un œil. Comme une tête qui se tourne sur un cou, la caméra allait pivoter sur son pied pour promener son regard sur chacun de nous. À cet instant suprême, plus que jamais, il fallait rester immobiles «comme les pierres tombales», précisa l'artiste. Du bout des rangées à la gauche jusqu'au bout des rangées à la droite; l'œil allait se poser sur chacun de nos visages. Tout allait s'enregistrer sur la rétine qu'on appelle: pellicule. «Pendant que la caméra va bouger, je ne veux pas en voir un seul de vous, même respirer» décréta l'artiste.

Une caméra pivotante? Je ne savais pas encore que ça existait. Une idée m'est venue.

L'artiste m'avait rangé à la gauche, tout au bout. Dès que j'ai senti que la caméra pivotante était passée à l'élève suivant, j'ai déguerpi de ma place et, par derrière l'échafaudage, je me suis précipité vers la droite, à l'autre extrémité de la rangée, pour y arriver avant l'œil de la caméra. Ainsi, selon mon plan, pensais-je, j'allais apparaître deux fois sur la photographie: aux deux extrémités de ma rangée.

Plusieurs jours plus tard, des copies du fameux chef d'œuvre de l'artiste nous ont été distribuées. Tous les élèves y ont repéré leur face, sauf moi: ni à un bout de la rangée ni à l'autre bout. Le regard de la caméra avait même saisi un pigeon qui faisait sa crotte sur l'appui d'une fenêtre. Et pas moi! J'étais invisible.

Alors que la caméra pivotait, j'avais sans doute quitté ma place trop tôt; même en volant aussi vite que Superman, j'étais sans doute arrivé trop tard à l'autre bout. Rien d'autre n'explique la magie de ma disparition.

Ébloui par mon absence, j'ai cherché et cherché mon visage. Une fois rendu dans la caméra, un des élèves s'était-il amusé à l'effacer sur la pellicule? J'étais absent. J'étais devenu invisible. C'était incroyable! À cause de mon astuce, j'aurais dû me trouver deux fois sur la photographie. J'avais le droit d'apparaître à chaque bout de la rangée! La photographie contenait tous les élèves de l'école, toutes les religieuses, même un pigeon et je n'y étais pas. J'étais abasourdi. Est-ce que j'existais vraiment? Peut-être n'existais-je pas...

Une tristesse énorme s'est emparée de moi, plus vaste que ma personne, plus vaste que mon village, que la terre entière... C'était une tristesse qui venait d'ailleurs, de très loin: une tristesse cosmique. Une tristesse aussi grande que l'univers où un enfant se sent perdu.

Victime d'une grande catastrophe, je suis allé chercher refuge du côté de chez Odélie. Elle écouterait mon histoire jusqu'à la fin, sans s'impatienter, dans sa berceuse qui était une machine à inventer du temps.

Même si j'étais fier qu'Anatole m'appelle son «homme», je n'ai pas eu honte de pleurer en racontant ma double éclipse sur la photographie.

Odélie m'a écouté. Elle m'a laissé détailler, du commencement à la fin, ma mésaventure. Puis elle a eu besoin de réfléchir avant de parler. Pour mieux penser, elle a précipité sa berceuse vers l'arrière et elle est partie en orbite! Vers l'avant! Vers l'arrière! Une fois, trois fois, cinq fois, neuf fois! À son allure, je voyais qu'elle réfléchissait très fort.

Quand elle s'est arrêtée, elle a dit: «Mon garçon, desquant t'es tout en plorement comme une fillette?... Écoute ta mémére: toé pis moé, on est pareils dans le destin. Moé non plus, j'ai pas ma face dans une portraiture d'école. Personne est venu en faire une. Dans mon temps, par chez nous, y avait pas de Kodak qui tourne la tête. Quand j'avais ton âge, on avait même pas encore d'école... Ça veut-i' dire que j'étais pas là? J'étais là avec mon ombre. Je me rappelle de toute. Quand on a une mémoire, mon garçon, on n'a pas besoin de Kodak. Souviens-toé dans ta mémoire, mon garçon. Ma propre mére, ton arriére-grand mére vocabulait les vieux mots de son règne. Elle disait: «se remembrer». I' faut se remembrer. Quand on oublie, c'est comme si on n'avait jamais été là. Une portraiture jaunit, ça s'efface comme une vieille lettre d'amour tandis que la mémoire donne de la joiance à la vie.»

20

Dans ce chapitre, l'on tourne un bouton et surgit un nouveau monde

Odélie dans sa berceuse... J'avais treize ans, peut-être douze. La jeunesse régnait sur la Terre. Il me semble que, dans le monde, seuls Odélie et Anatole étaient vieux. Leurs deux berceuses étaient posées côte à côte. S'ils ne se balançaient pas à la même vitesse, ils étaient ensemble. Ils partageaient une vie: toute une vie...

Depuis, j'ai navigué sur le grand fleuve pas si tranquille du temps et me voici rendu au loin. Grâce à la distance, je puis mieux distinguer ce qui est important.

Dans la nuit insondable de la mémoire, toute parsemée de miettes de lumière, j'aperçois Odélie comme une petite flamme: ni les fatigues quotidiennes, ni les bourrasques de l'hiver, ni les étouffants tracas, ni le temps qui passait n'ont pu l'éteindre. Contre ma petite grand-mère, ma grande grand-mère, les sombres fantômes de la nuit n'ont pas prévalu. Odélie a résisté.

Cette flamme m'est précieuse. Elle éclaire ma vie. Je peux l'explorer comme une planète et m'y perdre comme un enfant qui veut aller très loin.

Ces gens étaient bien seuls. Un Dieu terrible les avait exilés sur une Terre méfiante, une Terre de pierres, de fardoches, une Terre où les froids d'hiver étaient aussi mordants que le feu qui ne vous réchauffait jamais tout à fait; une Terre où les vêtements retirés pour la nuit se collaient à la glace qui peignait les murs de la chambre, une Terre où le Diable les menaçait de ses maléfices. En aucun de leurs instants de désespoir, ils ne se sont dressés contre le sort que Dieu leur avait infligé. Ils étaient seuls devant la nuit, seuls devant le jour, seul devant l'avenir. Ils étaient seuls devant la maladie, seuls devant la misère, seuls devant la mort, seuls avec leur ignorance, seuls en face de cette vie qu'ils ne comprenaient pas. Ils étaient seuls pour arracher à leur Terre pauvre la nécessaire nourriture.

Odélie et Anatole étaient seuls comme les héros grecs, dont plus tard, moi, leur petit-fils, j'allais étudier la vie, les drames et la légende. Seuls comme mes héros de la mythologie grecque, ils luttaient contre les forces implacables du Destin. Ils étaient seuls avec leurs bras, leurs mains et leur volonté de ne pas mourir avant que le temps n'en soit venu.

Tout à coup, Odélie ne voulait plus être seule. Elle a réclamé d'avoir, devant sa berceuse, comme tout le monde dans le village, un téléviseur. Anatole et elle ne furent plus jamais seuls devant le Destin. Ils sont devenus seuls devant leur écran noir et gris.

Regarder la télévision n'était pas une affaire ordinaire. On obéissait à un rituel comme lorsque s'amenaient des visiteurs. Anatole retirait ses vêtements de travailleur pour endosser une chemise blanche. Odélie refaisait son chignon et enfilait un tablier d'organdi à volants festonnés.

Le nouveau monde qu'elle apercevait par la fenêtre électronique l'intéressait-elle vraiment? Je me rappelle qu'elle était surtout passionnées par la toilette de Michelle Tisseyre, une très grande vedette de la télévision du dimanche, à l'époque. Le reste de la semaine, Odélie épiloguait sur la glorieuse robe. Parfois elle admirait, souvent elle se révoltait. Elle s'extasiait ou elle était dépitée. Certains jours, la robe était «belle comme personne a jamais vu»; alors Michelle Tisseyre avait «l'air ben fin». Le plus souvent, selon son appréciation, la robe était trop décolletée, les manches étaient trop courtes; la jupe était trop godante, trop sobre ou bien ornementée par trop de fanfreluche. Elle était agacée par son décolleté. Toujours elle revenait au décolleté de Michelle Tisseyre: «J'aime pas beaucoup ce que mon Anatole voit ce qu'i' voit dans cette échancrure. Ces attifaux-là lui donnent des idées... Je sais pas qu'est-ce qu'i' dirait si je me greyais d'une encolure semblable... L'envie y prendrait-i' de me faire une autre douzaine de petits?»

Silencieux comme un homme seul en forêt, il se berçait tout contre Odélie: beaucoup plus lentement qu'elle. Sa femme filait trois fois plus vite que lui sur les bascules. Remarquait-il les robes de Michelle Tisseyre? Bien sûr, il était un homme. Il contemplait certainement cette belle dame à laquelle les femmes du village ne ressemblaient pas. Sur l'écran, comme les saintes sur les images pieuses de l'église, cette femme n'avait pas l'air réel.

Oui, ses robes exhibaient longuement le cou de la vedette, mais c'était vraiment le très célèbre lutteur Yvon Robert qui passionnait Anatole. Si, par malheur, le costaud Yukon «Une z'oreille» Erik coinçait le champion canadien-français, Anatole bondissait hors de sa berceuse, abandonnant Odélie en arrière, et il s'approchait du téléviseur, prêt à sauter avec Yvon Robert dans l'arène pour l'aider à arracher l'autre oreille de Yukon Erik.

Anatole et Odélie avaient tourné le bouton du téléviseur, et une autre vie s'était ouverte devant leurs yeux. Par magie, soudain, ils étaient transplantés dans une autre vie que la leur. Ils étaient arrivés ailleurs. Aux soucis de leur vie quotidienne, allaient s'ajouter les soucis de la vie qui se déroulait derrière la fenêtre du téléviseur.

Tout près l'un de l'autre, ils passaient souvent de longues soirées dans leur berceuse, devant l'écran gris, qu'ils n'avaient pas allumé.

21

Brève discussion très philosophique sur l'avenir du passé

Au fond, rien d'autre n'existe que le présent. William Faulkner disait à peu près ceci: «Le passé est présent, il n'est même pas passé.» Pourtant, depuis une heure, je ne vous ai parlé que du passé... Quand l'on parle du passé, il devient présent! Faisons deux hypothèses. *Numéro 1*: le passé est un temps disparu, évanoui, effacé, oublié. Donc il ne reste que le présent. *Numéro 2*: le passé persiste, s'éternise, il s'infiltre dans le présent, il l'alimente, il le conditionne. Dans ce cas, le passé est avalé. Donc il ne subsiste que le présent... À chacune de mes deux hypothèses s'impose la conclusion: seul règne le présent. C'est au présent qu'existe la liberté.

Si le passé n'existe pas, pourquoi est-ce que je me laisse encombrer par une vieille chaise artisanale? N'ai-je pas le droit de me contredire? Une brique ne se contredit jamais; c'est ce qui la différencie d'une personne.

Vous voyez, elle a pour moi de l'importance, la berceuse d'Odélie. Assurément, ce qui compte, c'est mon propre voyage vers l'horizon inconnu. Pourtant je suis préoccupé par la vie de mes grands-parents. C'était injuste. Elle n'aurait pas dû être si malaisée. Quel crime avaient donc commis Odélie et Anatole pour être condamnés aux travaux forcés?

Tout ça est arrivé il y a bien longtemps... En quelque sorte, Anatole et Odélie m'ont donné la vie. À mon tour, en me souvenant de leur histoire, en la racontant, je leur rends la vie qu'ils ont perdue. Voilà ce à quoi sert la mémoire: redonner la vie, changer le passé en présent. Quand une personne est oubliée, c'est comme si elle n'avait jamais vécu. Regardez le ciel. La lumière des étoiles mortes ressemble à la lumière des étoiles vivantes; on ne peut les différencier. Le passé et le présent se reflètent l'un dans l'autre. N'avoir pas de passé, c'est comme n'avoir pas d'avenir. N'avoir pas de mémoire, c'est comme n'avoir pas d'imagination.

Oublier, c'est juger: si on ne se souvient pas des ancêtres, on a jugé que leur vie ne valait pas la peine d'être vécue. On a jugé qu'ils n'auraient pas dû naître. C'est du pire mépris. Notre oubli leur impose la peine de mort. Alors, nous, leurs descendants, pourquoi méritions-nous de naître? Ma grand-mère va mourir une autre fois si je l'oublie. Je n'ai pas le droit de faire ça à Odélie. Je n'ai pas le droit d'oublier celle qui disait: «Moé, j'en ai barcé des inquiétudes...»

Je la connais un peu cette anxiété qu'Odélie berçait dans sa chaise pour l'endormir. Elle fait partie de mon héritage. C'est elle qui brusquement me réveille la nuit comme une sonnerie d'alarme. Alors je me fais du souci. Une des mes filles était en Allemagne; pourquoi n'a-t-elle pas pu me téléphoner hier? C'était pourtant dimanche?... Dernièrement, la radio a rapporté qu'un avion s'était écrasé quelque part dans les montagnes, en Colombie. Mon autre fille voyageait cette semaine-là en Amérique du Sud... Je savais qu'elle devait se rendre en Colombie... Je ne pouvais m'endormir.

Odélie, j'ai un grand respect pour votre inquiétude.

22

Miracle autour d' un nœud marin

Encore une fois, levons nos verres à la beauté du ciel mexicain! Contemplons-le pour Odélie qui ne l'a jamais vu, pour Anatole qui savait mieux lire le message des étoiles que les antiennes dans son missel et pour Marie-Anna qui aurait tant aimé le voir. Est-ce que je vais expédier la berceuse d'Odélie à ma fille, à Londres?... Les bascules sont longues comme ça... Ils prennent vraiment beaucoup, beaucoup d'espace...

Une des dernières fois que j'y ai vu Odélie, elle m'a révélé un autre chapître douloureux. Après avoir élevé tant d'enfants, elle s'était sentie épuisée, découragée, vieille: «J'étais amertumée. J'étais toute dégoupillonnée. J'avais dans le corps plusse d'eau que de sang. J'étais écrapoutillée dans mon coin comme un petit tas de poussiére. J'avais pas le courage de pondre un autre enfant. J'étais faiblarde. J'étais toute démanchée. J'avais une sainte frayeur de mourir en déboulant.» Elle voulait dire: en accouchant...

Après beaucoup d'hésitation, elle a décidé d'aller confesser son angoisse au curé, l'autoritaire et impressionnant personnage qui, au village, représentait Dieu, Sa Loi et Sa Vérité. Elle ouvrit son cœur au saint homme. Les nombreux enfants qu'elle avait eus l'avaient épuisée, lui confia-t-elle. Son corps était usé, pauvre comme de la brande. Depuis son mariage avec Anatole, elle avait chaque jour accompli son devoir de femme et respecté les exigences de la sainte religion catholique. Cette fois, pour la première fois, elle osait demander la permission de ne pas avoir un autre enfant. Une seule fois. Elle supplia le curé de lui enseigner le secret d'empêcher l'enfantement sans offenser le bon Dieu qui dispense la vie.

Le curé gouvernait les relations sexuelles. Hé! oui... C'était ainsi... Dans sa berceuse, trente-cinq ans après ces faits, Odélie, en colère, me racontait: «J'ai écouté le curé, toutes ses belles paroles mais, le mois suivant, j'étais virée à l'envers.» Elle était enceinte... «Après une neuvaine de mois, je déboulais...» Elle accouchait. «J'étais piteuse comme une jument battue.» Trente-cinq ans plus tard, elle était encore furieuse. Sa voix tremblait en me racontant.

Subitement, elle a éclaté d'un grand rire. Ses deux mains frappaient sur ses cuisses. La berçeuse était projetée en arrière. Et ses deux pattes en l'air, dans leurs pantoufles! Sa longue robe laissait apercevoir le long caleçon: «Le plus jeune de tes oncles est venu au monde. Çelui-là a été mon plus beau! C'est celui-là que j'ai le plus gâté. Je l'ai pourri celui-là... On sait jamais quand le malheur va virer en bonheur. Vas-tu te rappeler de ça!»

«Ton oncle a pas été un malheur. En bonne catholique, j'étais allée m'écraser la face dans la grille du confessionnal du curé. C'était pas aller à la bonne place. I' était pas connaissant en arrêtage d'enfant. J'aurais dû savoir ça.

«Avant mon règne, au moins une génération avant moé, y avait eu Jos, tu sais Jos, la maison su' la petite côte du Grand Rang. Lui, malgré qu'i' avait déjà la face toute plissé pis qui ressemblait à un pou avec une pincée de sel su' la tête, i' venait juste de se ramasser une fillette vigoureuse de quatorze ou quinze ans. Le bon Yeu l'avait faite pour aimer la houle. Elle était affriolée par les frottages de bedaines. Elle avait les mains chercheuses. En dessous des couvertures, Jos lui tournait le dos. Jos était infirme d'un blocus du siphon.» (Blocus: Odélie devait avoir entendu ce mot à la radio, durant les informations sur la guerre en Europe.) «Pour parler comme le Docteur, Jos avait un gros nœud marin à l'endroit qu'on dit pas. Cette maladie avait pas l'air de le tourmenter trop trop. La nouvelle mariée, elle espérait un peu de bagatelle sous son jupon de dentelle. La petite femme était disposée à faire son devoir d'état, mais Jos souffrait d'une constipation de la rallonge.

«Dans son enfance, pis dans son adolescence, Jos avait vu, à la ferme, le taureau s'affairer avec la vache, le cochon avec la cochonne, le mouton avec la moutonne, le chien avec la chienne. Ces jeux-là étaient des jeux d'animaux. Pour lui, ces grimpages-là avaient pas été inventés par des catholiques. C'est cette pensée-là qui lui bloquait le tuyau comme un gel de janvier. Pour tout dire en un mot tout seul, i' avait pas envie d'aller tisonner sous la jaquette de sa fraîche jeunesse.

«La fillette était ben découragée de la vie. Elle est allée confesser son mal au curé. À son tour, Jos a été réclamé par l'abbé au confessionnal. Le curé lui a parlé. Qu'est-ce qu'i' lui a dit? C'étaient des mots sacrés. On répète pas ces mots-là. Jos est sorti du confessionnal en courant et i' a pas arrêté de courir avant d'être entré dans sa petite maison su' la côte du Grand Rang. L'abbé avait opéré un miracle au confessionnal: Jos avait le siphon débloqué. Depuis ce jour-là, i'a fait à sa jeunesse vingt-trois petits jos et petites joséphines: tous aussi vivants les uns que les autres... Mon garçon, peux-tu me rappeler la raison pourquoi j'ai entamé cette histoire-là? J'oublie toute. Que j'ai la mémoire maganée!»

La dernière fois que j'ai vu Odélie, je tenais notre deuxième bébé. Quand elle l'a aperçue si menue, l'arrière-grand-mère était trop malade pour comprendre qu'une autre arrière-petite-fille était arrivée. Si elle avait été dans son état normal, je sais qu'elle aurait dit: «Mon garçon, c'est le deuxième, c'est beau, mais avec ton instruction, t'es capable de compter plus loin que ça, bon Yenne!» Elle a simplement tendu les bras pour cueillir notre enfant. J'ai compris que, dans sa vieille tête, elle pensait avoir accouché une autre fois. Quelques instants plus tard, il fallait la quitter. Elle a dit: «Ça sera pus long à cette heure; ma barceuse est déjà rendue de l'Autre Bord... Ça passe ou je passe... Trou du cul d'un ver à pattes!»

23

Une gravure ancienne à Amsterdam

C'est à Amsterdam, je crois, – j'étais encore un escollier – que j'ai découvert cette fameuse gravure de Holbein. Il vivait à peu près à la même époque que Rabelais. C'est une œuvre touchante et troublante. On y voit un laboureur qui conduit ses chevaux attelés à une charrue. On sent la terre ingrate, comme celle de mes grands-parents et de mes ancêtres. Le laboureur est accompagné d'un squelette qui a l'air moins misérable que lui. C'est le squelette qui fouette les chevaux... Au bas de la gravure, une inscription. Je n'ai jamais oublié ce poème, car il résume la vie d'Anatole et d'Odélie:

À la sueur de ton visaige
Tu gagnerois ta pauvre vie,
Après long travail et usaige,
Voici la mort qui te convie.

La mort... Odélie l'attendait dans sa berceuse. Vous ai-je mentionné qu'elle craquait? Oui, elle craquetait, la berceuse. Plus jeune, ma grand-mère, avec un sourire malicieux, m'assurait que c'étaient ses os... Enfant, ces bruits m'inquiétaient. Odélie allait-elle se défaire en pièces comme mon jeu de Meccano? Devenue vieille, quand elle gesticulait, ses os cliquetaient. «C'est le bois de ma barceuse, insistait-elle, i' est pas mal plus vieux que moé...»

Depuis longtemps, je me demande: pourquoi me divulguait-elle tant de secrets? Je n'étais qu'un enfant. Un enfant curieux qui écoutait les voix du monde. Croyait-elle que j'allais oublier ce qu'elle me racontait dans sa chaise? Avait-elle deviné que plus tard, ayant atteint l'autre versant de ma vie, j'allais me souvenir, me «remembrer»?

Vous ne pouvez pas imaginer ce que je viens de constater: jamais, pas une seule fois, je ne me suis assis dans la berceuse de ma grand-mère! Me croyez-vous? Jamais! Je n'ai jamais pensé à cela auparavant. Un jour, je devrais entreprendre un livre qui raconterait l'histoire magique de la berceuse d'Odélie...

Puis-je vous faire une confidence? Tout proche, ce passé est déjà si ancien. Ma vie aurait-elle déjà traversé, sans que je le sache, l'espace de deux ou trois siècles? Même si Odélie est, depuis longtemps, absente, il me semble pourtant que, toujours, quelque part, elle se balance dans sa berceuse. Mais où est-elle? J'aurais besoin qu'elle m'explique l'un des mystères du monde. Malheureusement je ne sais plus retrouver le chemin vers sa maison.

Beaucoup d'adultes ont l'air triste. Dites-moi: serait-ce qu'ils ont aussi perdu le chemin vers la maison de leur grand-mère?

C'est l'heure d'un plongeon dans la mer... *Hasta luego!* Ne vous inquiétez pas. Je ne m'approcherai pas de ces poissons plus gros que des bateaux!

Le rocher noir, au milieu de la baie bleue, me fait songer au silence taciturne d'Anatole. La nuit est avancée. Devenu un vieil écrivain, l'enfant qui n'a pas oublié la chaise de son aïeule descend vers la mer pour se faire bercer...

10 mai 1998.

Achevé d'imprimer en avril 1999
sur les presses de l'Imprimerie Quebecor,
L'Éclaireur, Beauceville